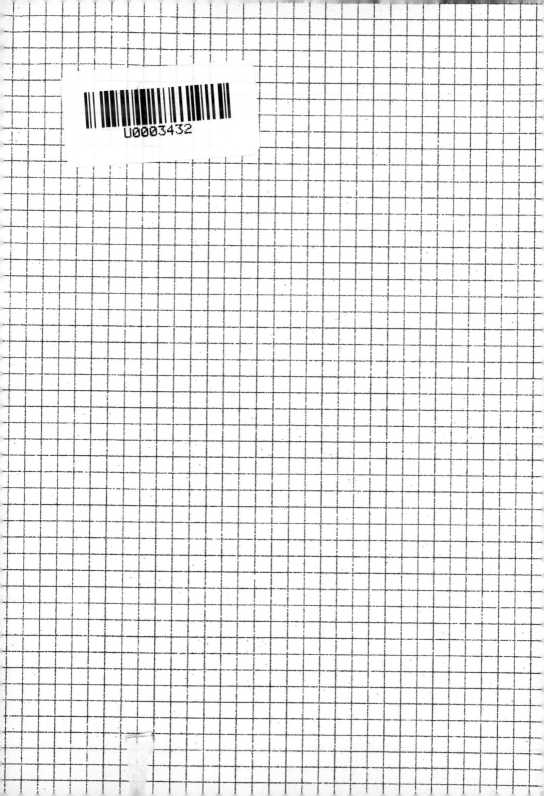

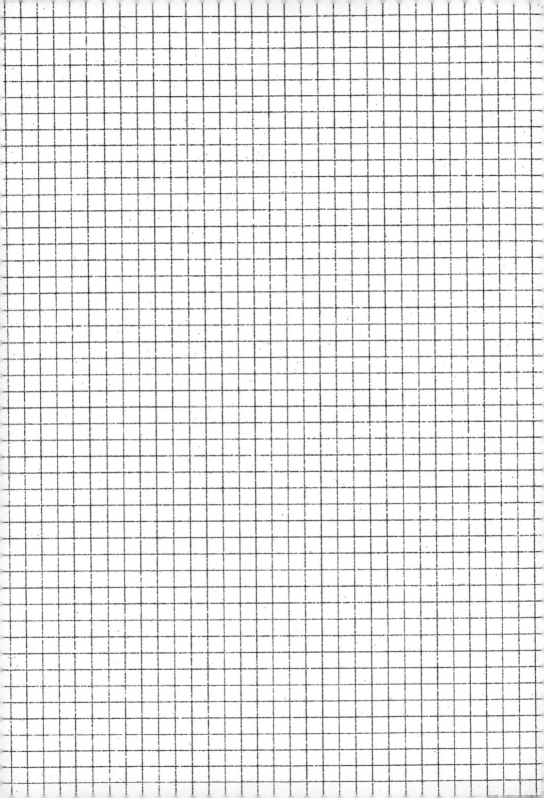

機智幸福
小指南

Michelle Lin

如何悠游世間深海，
讓人生優雅綻放！

目次

感情

機智

軟實力

社會

家

怪怪的發言後，偷偷在心裡筆記，「某個人，在什麼情況之下，說出了怎樣可惡的話」，而我本人，聽到這句話之後，感覺難受的原因是什麼。

一番觀察之後我發現，其實絕大部分的時候，那些說出很壞、很惡毒話語的人，其實都「沒有惡意」。很少有人在開口的最初就真心想說出惡毒的話傷害別人。幾乎沒有。比較常見的情況反倒是某個人在某個情境之下，不走心地隨便說說，輕薄地發出評論，說了就算了，因為潦草，所以傷人。十次裡面有九次屬於這類說完轉身就忘的狀況。

也就是說，無心之言，只耗費說的人短短幾秒鐘，在聽的人心底怕是一輩子也不會忘。這即是言語的力量。

對抗惡毒語言的武器，如果你問我的話，我會說答案是「心」。

有意識地接受來自他人的訊息，也有意識地說話。

我們無法控制別人的行為，如果人家要對我們發出惡意言論，說實在很難阻止，一溜煙就進了耳朵，躲都來不及。但是，我們可以不讓惡毒的話進入心裡。

一句惡毒眼看著將迎面而來，我們馬上在心裡對自己說話：

「這句話很壞我們不要聽！」

「他很不厚道，我不是這樣的人。」

「明明可以有更善良的說法。」

反駁不一定要說出口，但我們一定要做，在心裡結結實實地說一遍給自己聽，以善抗惡，力求排毒。說完後別忘了提醒自己，對方或許是無心的，我們不要重重舉起，我們要輕輕放下。放下它，當作沒有發生過，然後繼續走自己的路。

另外，我們無法控制別人的行為，但我們完全可以控制自己的行為。那代表什麼？代表如果有一天，我們發現自己成了一個專說惡毒言語的可惡傢伙，可得為自己的行為負責才行。

我們要用「心」去意識自己的錯誤。錯誤不分大小，該道歉的馬上道歉，用良善的言語徹底彌補，更正自己的惡劣發言。在所有注意到的地方，盡量多說好話。意思不是要求自己一輩子只讚美別人，變成專門吐出讚美的假面專業戶，不是這樣的！而是言語中盡可能帶有考量過的心思，無論是讚美、批評，或只是日常生活中的簡單對話，都要盡可能真誠。我想沒有比真心誠意更好的說話方式了。

我想，意識到這些，不再用輕率的言語傷害別人，也朝更好的自己往前邁進一步了吧。

愛妳的媽媽

不要批評別人的生活

親愛的女兒，

有一個很喜歡買名牌的女生，對時尚產業懷抱極大的興趣，經常關注奢侈品業的世界脈動，同時深深著迷於所謂的「名人文化」。

跟隨如此嗜好，這女生對自己的人生比照辦理。她對儀容很要求，隨時隨地維持乾淨整潔、妝容完整，頭髮總是梳得整整齊齊，儼然一副貴婦的模樣。她穿著一兩千美元的毛衣，三五千美元的外套，上千美元的鞋子，上萬美元的名牌包，就連上床睡覺好了，精緻的睡袍同樣完美無瑕。

她使用散發貴族氣味的洗衣精洗衣服，用電動刷子洗鍋具，家中飄散名牌香氛；她的小孩念昂貴的私立學校，寒暑假前往人文薈萃的歐洲旅遊，吃的、用的、喜歡的，一切的一切都非常講究，至少，遠大於一般美國亞裔移民的平均水準。

某些有意無意的瞬間，這女生會批評其他不美麗、不注重的人「沒品味」。稍微輕輕地評論一下而已，有真心，但不嚴厲。

這其中有什麼問題嗎？其實沒有對吧。

那些微小而瞬間的批評，僅僅如此，讓平常確實有點邋遢的婦女團體感覺中箭，進而集體奮起。平時生活枯燥乏味的她們開始說起了這女生的壞話。唔，算「壞話」嗎？更正為「閒話」好了。

她們認為，憑藉那個女生家的收入，她憑什麼過這樣的生活？也不是什麼高管之家，不過就是普通上班族而已。當然啦，在科技公司上班的族群肯定能過還不錯的生活，可以出國玩，也上米其林餐廳，是物質富足的中產日子，但確實不足以以「貴婦」之姿行走江湖，一副高高在上、與眾不同的模樣。大家都是平等的，沒有誰要被誰教化，沒有誰活該感覺被批評、被瞧不起、被低人一等吧。

因此，說那個女生的壞話，排擠一下她，也是剛好而已。

喔還有，如果多生幾個小孩的話，她絕對就無法這樣揮霍吧。為了花錢而不敢生小孩，是不是有點那個啊？她的小孩好孤單、好可憐，她以後老了一定會後悔。

以上故事，親愛的女兒，如果置換人物設定和情節框架，妳會發現類似的故事和人物糾葛經常發生在我們周遭，幾乎可說是女人世界的基本款，沒有女生沒見識過類似情事，差別僅在於當旁觀者或是故事主角。

不知道妳看了有什麼感覺？

如果妳是那位貴婦女生又怎麼想？

如果妳是女生群體的成員之一又會怎麼做？

在這裡，我以我個人的想法和妳討論，供妳參考看看。

以那位貴婦女生的立場，我個人感覺她沒有做錯任何事。

是，她選擇了比較奢侈甚至可說浮誇的生活方式，但一個女人不能浮誇地活著嗎？

只要她不偷不搶不欠循環利息，每天想搭乘飛船出門買菜也罷，生日請個舞龍舞獅給自己祝壽也好，都是她家的事、她的個人選擇。她不需要向她的先生、她的孩子以外的任何人交代。

以上，算是美國文化和價值觀的底線。

再者，當家庭收入不是高管卻外顯高管的生活水準，僅僅代表幾個可能：一，原生家庭有支援；二，信用卡有徹底使用；三，這女人有規劃且有執行的紀律。例如平常可能死都不買衣服，天天洗衣服，不用見人時三餐喝露水，經過重重布局和嚴謹紀律存下錢之後，拿去買名牌衣服。第一項和第二項不提，第三項說實在可是扎扎實實的自律，做得到也不容易，以某現代社會目標導向的角度來看甚至有點……令人欽佩。

她知道自己要什麼並努力追求，這沒有什麼不對。即便是選擇不生太多孩子，把金錢預算轉移到自己的快樂生活上，那也沒有什麼不對。生兩個、三個、四個小孩的人生，本來就不一定適合每個人，女生也犯不著以小孩數量當作衡量自身價值的基礎。如果一個女生覺得自己很珍貴，要把握時間珍愛自己，那其實相當值得鼓勵。有這樣想法的女生，因為稀少，所以更值得珍惜。

我一直覺得許多年紀大的姊姊、媽媽們太過崇尚犧牲，一方面深深為自己的犧牲痛苦著，一方面卻又不停傳播同樣的觀念，吸引更多年輕女生加入自我犧牲的行列，如此做法非常不健康，也不見良善進步的前景。我只能說這到底是何苦呢？往自己嚮往的人生堅定走去，才是對的呀。

另外，藉由這個故事，我也想提醒妳，人生長路漫漫，經常有些莫名其妙的人跳出來反對妳的生活方式。理由不見得合理，但大多義正詞嚴，一副批評妳天經地義的樣子。

當這些時刻來臨，傷心難過肯定少不了，面對的方法就兩個字——勇氣。

挺身而出，為自己發聲需要勇氣；安靜聆聽，或是堅強漠視，進而選擇走開，這更需要很大的勇氣。捍衛真我不是誰都能做的，只有堅強勇敢的人，才能得到「自我」這塊珍寶。

至於說閒話的婦女團體，我首先要提醒妳的人生準則是「不要八卦」。

不要八卦，不要坐在自家客廳花大把時間說誰不好、誰可惡、誰又怎麼樣。這樣的行為非常容易養成習慣。批評別人，事無大小都太容易了。妳知道嗎？世界上有非常、非常多的人靠著說別人的不是、批評他人的生活在過日子，他們從不察覺自己的行為卻反覆這麼做，真正的人生就在批評他人的瞬間靜悄悄地流掉了。真的非常可怕！

我總說，人生是有選擇的，不要讓自己養成這樣的壞習慣。

再者，「管好妳自己」。

沒錯，這就是我想對那些女生說的，管好妳自己吧。別人愛說什麼、愛怎麼花錢，那都是她的事，這些女生完全不具備說三道四的立場。與其看不慣他人，我建議不如把這段無聊的光陰花在看看自己上頭。具體來說的話，可以培養一些健全的嗜好，替自己的人生建立個目標，甚至找份工作也很好，總之，有比看不慣他人更值得花時間的事情，事情多著呢，絕對夠她們忙了。

另外，發覺自己的優點，當個自信的女生也很重要。一個女生倘若自信，就不會老是感覺別人在批評自己、瞧不起自己，也就比較容易接受和自己不一樣的觀點和人事物。察覺生活周遭有個「異己」時，比較不會對異己群起攻之，反而容易保持禮貌的距離，不會去煩人家。這就是自信給予的器量。

最後我想說，孩子呀，奢侈品還是不要買太多比較好。妳因為從小備受疼愛，生活水準已經很好了，實在不需要花太多精神在過分虛榮的消費上。以我們家的價值觀來說，金錢還是花在醫療、教育和購買資產為佳，鞋子和包包不屬於資產而是純粹的消費，不會讓妳的財富上升，只會下降，除了偶爾買買當開心消遣之外，還是審慎消費比較好喔。

愛妳的媽媽

善良的心

親愛的女兒，

連續幾個月每天好幾個小時的越洋電話之後，終於，我掛上電話，結束了今日的精神折磨。坐在中島桌旁吃著課後點心的妳，一臉關切。

於是我明白，「啊……妳終歸已經十歲了啊」。

十歲的女孩，以美國小孩普遍心智成熟度來說，基本上已經理解人世間所有事情了。你們老早背離了「親親」、「呼呼」、「痛痛」，取而代之以「這不公平」、「這樣合理嗎」、「我要抗議」；你們開始用自己的方式解讀世界，並堅持世界的運行必須依照某種類似校規的統一化真理；你們相信事有對錯，有白天，有黑夜，有光，有影，有安全的氣息，有危險的訊號。川流不息的越洋電話，就是紅色等級的危險信號。

「他們會離婚嗎？」妳問。
「我不知道，應該會吧。我看不出來這樣下去如何生活在一個屋簷下。」我答。
「他們經常吵架嗎？」妳的眉頭皺起來。
「是啊。婚姻走到終點之前通常會經歷一段冗長而反覆的爭吵，吵架也是溝通的一種，有機會讓彼此知道對方在想什麼。如果平常無法好好對話又不吵架，那兩個人根本無從知道問題出在哪裡不是嗎？」我說。
「可是大人吵架很可怕。」
「有些大人吵架是很可怕沒錯。」
「他們家兩個小孩會很害怕……」
「他們家兩個小孩會很害怕。」我同意。
「這情況已經很久了，我們不能就這樣放任兩個小孩不管。我認為我們應該馬上訂機票回台灣，把他們兩個接來美國生活一陣子。我可以讓出我的房間給他們睡，如果他們會害怕的話，我晚上也能陪他們睡。」妳說。
「妳真是個非常好的人。」我說。
「小孩害怕是很嚴重的問題。」妳說。

「我也這麼認為」，我再度同意，「只是女兒啊，我們不是孩子們的父母，我們無法替他們決定什麼對他們好，什麼對他們不好，通常只有父母能替孩子做決定。」

「但他們明顯不好了呀。」

「他們明顯不好，可是我們無能為力。妳必須明白，生活中經常會有『無能為力』的時刻，只能看著事件朝我們預期的方向展開，這是很大的無奈。」

「真是糟糕。大人的行為有時候真的很過分！看來大人的世界很不怎麼樣吶。」

關於大人的世界如此「不怎麼樣」，身為資深大人，我向妳道歉。

我希望我能讓大人的世界變成一個更好的地方，等妳長大加入「大人」的時刻到來之際，或多或少能對成為大人世界的一員感到自豪，可如今很明顯，我未能把那樣的世界給妳，我深表遺憾，還得繼續努力。

事實就是，許多大人不過是一群老小孩，一群比較勞累、關節比較鬆的孩子罷了。我們的膝蓋能偵測陰天的到來，腦袋卻不一定能屏除自身行為造成的遺憾。我們控制不了自己。

大人，在年齡之外，該如何確定我們有資格當大人呢？

反倒是妳，在一百個小時跨洋電話所開啟的重大雜音之中，聽見了來自遠方的呼喚。什麼才是真正重要的事情？在家庭關係風雨飄搖之際，除了大人得釐清自我外，無辜孩子的童年必須被守護。無論世界如何動盪，紛擾如何來到門前，我們最重要、最重要的職責是什麼呢？是讓家門內的孩子夜晚安然入睡。

溫柔善良如妳，聽見了來自孩子們的心聲。穿越遙遠的物理距離，妳能夠設身處地為他倆著想，想著如果今天妳是他們有什麼感覺、有怎樣的需要，並且願意在第一時間動身前往營救。妳也樂意承擔保護的責任，一心想著把他們帶回妳所知道地球上最安全的地方——妳自己的家，把他們安置於妳的房間，直到事件落幕，直到妳確定他倆一定能夠安全為止。

以上是百分之一百善良的表現。我為能擁有如此善良的妳當我女兒覺得非常幸運，同時非常感動。妳或許不明白這樣的特質在現今世上多麼罕有。女兒，妳擁有的是一顆鑽石呀！而我擁有鑽石般的妳。

能夠站在他人的立場設想，以不同於自己的角度看事情，是非常了不起的能力。可以在生活或職涯中靈活運用的話，則是了不起的超能力。

比如在關係裡好了，妳能讀懂另一半，了解對方生命的高峰與低谷，適時提供幫助，成為超棒的伴侶；在家庭裡，妳善良、總是願意付出關懷，是個非常窩心的女兒，這人格特質也將帶領妳成為很棒的母親。長大進入職場後，因為妳能站在每個人的角度思考，將長出更棒的團隊精神，成為大家都想共事的好夥伴。當然，因為真誠，妳將是非常值得交往的好朋友。

這些環節都是成就幸福人生的基石。妳深刻地擁有它們讓我覺得相當欣慰、很替妳高興。

上回我們家和鄰居好友一起吃飯，席間鄰居紛紛表示妳是我們社區最和氣有禮、最善良的孩子。卡羅叔叔甚至在餐桌上許願妳能夠常保一顆溫暖的心，期許妳高中時還維持現在的說話方式，不要變成恐怖的青少年。有朝一日妳變成談吐嚇人的美國青少年的話，我們會覺得彷彿天上有顆星星殞落，卡羅叔叔預言他的心將碎成一片片，黯然神傷。

妳是指標性善良孩子，讓我們盡全力維持妳心中的小火焰，讓美麗的心跟隨妳點亮世界上所有地方。

愛妳的媽媽

感情

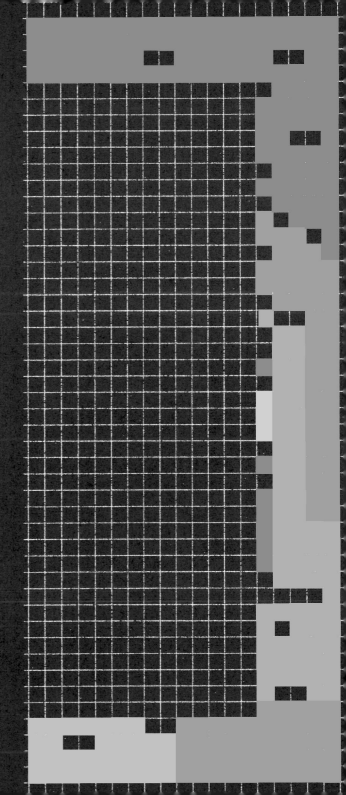

初戀啊……

親愛的女兒，

最近我突然頓悟，我以為的初戀，或許不是真正的初戀也不一定。

大部分的人會認為，所謂的初戀應該是第一次牽手、第一次親吻的那個人，我同意，我也一直如此認為。牽手和接吻以前的男生和女生，不過是普通朋友。

可能是因為我過了四十歲生日，總覺得人過了這種重點數字的生日後會不自覺地聰明起來，感知到許多前所未有的感覺，也突生未曾體察的領悟。最近我覺得大學時代的初戀，有可能，不是我人生第一場戀情。

這就回歸到一個基本問題，什麼是戀愛？

只要不牽手、不接吻就不曾戀愛過嗎？愛情的答案到底是什麼呢？

中學時代我曾經非常非常喜歡一個男生。在當時以及後來的許多年，我都認為自己對他的喜歡純粹是朋友與朋友之間的喜歡，沒有性別的成分，絲毫沒有女生那種渴望擄獲男生的感覺，完全沒有。但是我非常喜歡和他相處，喜歡聽他談論他的嗜好以及他從嗜好中學習的新東西。每一次他學到新的科學概念興沖沖地與我分享時，我都忍不住跟著覺得好興奮、好有趣、世界好寬廣，想知道更多。

「我想跟他多相處一點」，當時的我經常這麼想。

我覺得那時我喜歡和他相處，是因為他和我是非常類似的人，也因為當時周遭朋友裡只有他比我更聰明。我喜歡聰明的人。

而我不喜歡他，恰巧也是因為他和我是類似的人。我們都有來自家庭的困擾，都有走不出的親情迴圈，都有絕口不提的故事，聚在一起假聰明的時候非常溫暖。然而，隨著年齡增長，我渴望走出人生的原始設定，想當個不一樣的自己，所以即便非常非常喜歡這位靈魂契合的夥伴，仍不想跟自己相似的人牽手。我想和一個與自己完全不同的男生牽手。

因此一進入大學，我馬上飛快地喜歡上和自己完全不一樣的人。

我快速地愛上一個男生，因為他來自大都市，時髦、亮麗、靈魂輕巧，調性有點微油膩，樣樣都和原本的我徹底不一樣。這樣不是很棒嗎？如果如此亮眼的男生喜歡上我，是不是代表我也是個亮麗的人呢？

迅速進入大學戀情的同時，我開始猛烈追逐下一個階段的自己。眼前的目標是洗去往日塵埃，做個完全不土氣的女生。我想維持纖瘦的體態，我想在沉重功課壓力之下仍然維持美麗。我要當個雖然是書呆子但看不出來是書呆子的高級書呆子，並且把人生中其實至關重要的低級書呆子朋友們統統拋諸腦後。

大學時代的交往對象就是個吻合我當時標準的好男生。他很美麗、很開朗，在運動場上鋒頭極健，個性溫和近乎完美，家庭背景優渥同樣趨近完美。我為升學忙碌得不可開交時，他從旁提供了很多援助，算是什麼都有、什麼都具備的男生，無可挑剔。

飄洋過海來到美國念研究所的第一個學期我修了一門機率課，在困難的研習中獲得不少樂趣，每一回想找人聊聊課業進展或是純粹抱怨其中的難處，打開電腦，我一心只想聯繫那位兒時好友，心裡明白在知識的領域無法從大學時代交往的男生獲得共鳴。然而那份共鳴對我來說很重要，至關重要。

在那些小瞬間裡，我又多了解了一些自己。

所以其實，人生每個階段妳選擇交往的對象、選擇喜歡上的人，或多或少都反映了當下的自己。

妳有多麼喜歡自己或多麼討厭自己，妳想拋下什麼東西，又想迎向哪種未來，妳是否徬徨猶豫，妳是否焦躁不已，妳是否志得意滿，妳是否黯淡灰心，妳在那個時刻所愛上的，到底是眼前那個男生？抑或其實是自己？

愛人與被愛，都需要練習。在愛與被愛的過程之中，我們逐漸了解自己的追求為何，什麼才是自己心靈深處最終需要的那一個元素。

在妳的身上也一樣，妳也很有可能在愛情之中反覆尋找渴望的自己。每一個愛過的戀人都會用他們的性格、他們處理人生的態度來告訴妳，妳缺少什麼、羨慕什麼、想變成什麼。經過一次一次的戀愛，妳會長大，會走過人生的風景，並且學會很多。

機智

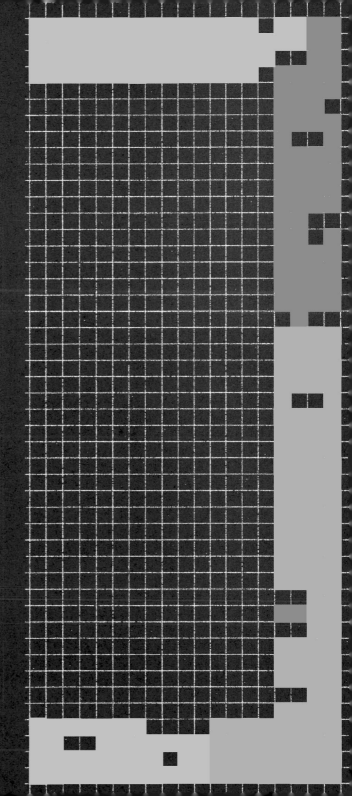

生活裡的行銷

親愛的女兒，

我在大三那年申請美國的研究所。雖然當時我是工學院學生，也準備申請工學院研究所，相當神奇地，申請過程卻是我接觸「行銷」的開端。

在台灣時，諸如「把東西推銷出去」、「把想法推銷出去」和「把自己推銷出去」的觀念，一次也沒有出現在我的學習歷程裡，一次也沒有，〇次。甚至不知道為什麼，類似觀念在我的成長過程中接收到的反而更接近某種批評，是有點害羞、有點不要臉的行為。這種想法在現在、在未來，毫無疑問非常過時，如今我們身處的世界，每一分、每一秒、每個行為，都要把自我行銷的觀念融入生活中。我想這方面妳會做得比我好，這點毫無疑問。

總之為了展開美國生活，我申請了私人的電子郵件信箱，在那之前，我僅僅使用大學提供的信箱。註冊新的電子郵件地址時，不是得填寫@前面那段文字嗎？廣大的文字之海裡，我該挑什麼呢？當下我猶豫了。

此刻，關鍵發言來了！當時在一旁幫助我的姨丈不經意地講了一句話，我稱之為「人生金句」。「郵件地址是給別人看的，不是給自己看的」，他要我挑選時把這事放在心上。

「郵件地址是給別人看的」！我怎麼沒想過這件事呢？

在我就讀的大學裡，校園內部百分之九十五都是男生，因此所有的信箱要嘛是生日相關的數字，要嘛是學號相關的數字，甚至當兵號碼、門牌號碼，頂多前面再加個英文字母，如此混合著使用，其目的很明顯是為了自己好記，如此而已。

然而，一大串亂碼般的排列組合不僅讓人視覺疲乏，還洋溢著令人生厭的無聊。人生難道沒有比生日更好記的名稱嗎？「李奧納多愛米雪」或「米雪愛鑽戒」拼成英文，隨便哪一個都能輕易讓人記住不是嗎？問題是，大家從沒想過要從這個角度看事情，至少在那之前，我沒想過。

結果，姨丈創建了家族電子信箱代碼「吃××」，家族裡幾個孩子都是「吃」加上某種食物為郵件地址，有人吃漢堡、有人吃棒棒糖、有人吃貝果，我個人的家族信箱選擇了「吃甜甜圈」；另外，延續此一觀念，功課和工作方面使用的信箱地址我選用了個人名字，以小女孩穿大人西裝之姿，藉由郵件地址表現專業感。

這個觀念在我和爸爸結婚後，我同樣不停反覆傳授給他，但爸爸可不是一點就通的學生，花費了我很多年扭轉他那可怕的直男腦袋。你知道嗎？我們家無線網路的密碼是他在台積電服國防役時的工號，展現驚人奴性，一日當兵終身當兵。每每有工人來我們家修理東西，例如保全系統啦、什麼其他維護工程，需要使用我們家的網路時，我就必須尷尬的向對方報出我先生報效國家時的勞工號碼，這是多麼令人無言的過程，分明可以不要這樣，他偏偏改不掉。後來搬到波特蘭的新房子他又再犯，我終於拿出關刀砍下他的腦袋……喔不，更正，被我罵一頓之後，他終於改了，改成「麥可喬登23」。

這不是很棒嗎？我們家根本不可能出現拼不出「麥可喬登23」的客人，而且只要講一次對方肯定記住，毋須複述。更不錯的是「麥可喬登23」具有非常好的「對話開啟功能」，聽見這個密碼的人首先會會心一笑，接著問你是不是球迷，再來光是當年大家一起瘋公牛隊的過去就能聊好久。

以上，親愛的女兒，就是我說的，所謂「給別人看」的意思。

生活中方方面面的表達，即便是小地方，妳都要試著去想「這段文字是做什麼用的」、「這個活動的目的要表達什麼」、「我的聽眾是誰」、「我想藉機說什麼」，以上都是非常重要、影響妳一生發展的問題。

再舉一個例子。妳記得學校那種向同學介紹我們來自何方的活動嗎？類似「國際文化周」而我們理所當然負責「台灣」？又或者上台介紹家庭歷史、家庭背景的專題報告？

這種專題在國小階段往往非常需要家長的幫忙。我們時常耳聞其他媽媽把專題重心放在台灣的飲食，小籠包、珍珠奶茶、雞排，再加上尼龍購物袋等，就是一篇專題報導。

無庸置疑，那些當然都是台灣相當重要的資產。但當我發現這個現象，心想難怪旅外時代接觸的所有老外，不分國籍，只要想到台灣，就想到台灣的食物。因為廣大的台灣子孫一有機會就宣揚台灣國威，隔空用小籠包震懾全球、捍衛台灣島，以至於台灣美食和台灣幾乎畫上等號。

問題來了，正所謂「電梯簡報」（elevator pitch），如果只有十分鐘讓另一個人記住一件關於你的事，那件事情會是小籠包嗎？從這裡開始，我們才開始進入「給別人看」這重要的觀念。

如果要我講一件事情，我個人最想貼在每個老外額頭上的是「台灣是華文世界唯一的民主政體」。這是簡單明瞭卻又無比珍貴的事實，我希望每一個想到我的故鄉的人，都能把台灣和這事實畫上等號。

然後我會把小籠包留給自己吃。這麼好的東西，私藏起來還是較為穩妥。

上述例子，是把「行銷」和「是給別人看的」，落實於學校專題作業。

當然，此想法的運用可說千變萬化，主要是提醒妳在生活各個小地方都要問問自己此一行為的目的為何、能不能做得更好，切莫悶著頭做自己以為好的事，不願抬起頭來優化它。

我想以妳的個性，天生是個自我行銷、自我表達的高手，絕對比害羞內向、躲避人群的我來得厲害許多，所以媽媽就是提點一下罷了。

希望妳將這個想法植入腦袋，得心應手地應用它。

愛妳的媽咪

嫉妒與大破大立

親愛的女兒，

妳知道「嫉妒」是人類最原始的動力之一嗎？

很多人說嫉妒不好，嫉妒裡藏有怨氣，是一種負面的情緒，我們都應該殺掉內心深處的嫉妒，或者至少提醒自己演一下聖女，把嫉妒的心情轉換為溫柔賢淑的「羨慕」。

但是，羨慕如此溫婉賢淑的情緒是用來安撫爺爺奶奶和拿學校的模範生好寶寶獎章用的。就憑這種徐徐微風等級的想法，完全無法針對現階段的狀態造成什麼實質突破，某方面來說也就很難進步。

人要進步，要看自己非常不爽，巨幅度的看不慣，而後才能大破大立。

嫉妒這種相對比較有分量的情緒，邏輯上來說，比較有可能造成改革，帶來效果。我是說，如果妳想進步的話。

就算不想那麼多好了，我覺得人生在世，嫉妒別人是非常非常正常的事。總是會有人、會有很多妳想要的東西。即便神仙都有念想，會日日夜夜站在岸邊期待良人歸來。過程中要是別人的老公先回家了，她肯定羨慕；如果別人的老公還帶了鑽戒當伴手禮，我猜神仙娘娘可能也會產生微微的嫉妒之情吧，畢竟岸邊風吹日晒，日子並不簡單。

至於媽媽我，當然也有嫉妒別人的心情。例如我覺得別人的才華不出眾，卻享有很高的人氣；或是別人不很會讀書，卻有受高等教育的機會；或是人家有很棒的家庭支持，能夠展翅高飛，做自己喜歡的事。這些都是我經常嫉妒別人的方向。我羨慕的往往是自身的短處，倒比較不嫉妒物質類的東西，如名牌包、賓士車等，沒有為什麼，嫉妒與羨慕更不分什麼優質羨慕、低等羨慕的差異，純粹每個人喜歡的東西不同罷了。

我想說的是，每個人都會嫉妒別人。我們並不需要在嫉妒別人的同時，在內心深處責怪自己的道德不高潔、品行不完美。我就從來沒有在內心斥責自己過。

嚐到嫉妒苦楚時，我通常不會馬上意識到自己的行為，往往是第二回、第三回感受到，才會在心裡對自己說「原來我嫉妒了啊……」。

後知後覺之後，我不會命令自己收拾這份心思，也不會讓自己不要去想，反倒會在心裡罵自己：「想，妳就只知道想，想完然後呢？不做點什麼求進步嗎？」如此這般鞭策自己，不給自己好日子過。因此，退幾步檢視的話，我認為這樣的情緒對我來說是一種動力，默默推動我往自己認可的方向前進。

很多人，特別是心思細密又乖巧的女孩子，會把一部分人類自然生成的情緒畫分成「好情緒」和「壞情緒」。這樣的二分法非常嚴苛而不自然，有種暗地裡規定「A事件發生，便應該產生A感覺，有A反應」的氣息，好像我們都被隱形的界線限制住了！我們應該如何感覺自己的人生才正確無誤、才值得推崇，所有被歸類為「負面情緒」、「負面態度」、「負面人格」，如畏懼、遲疑、沒信心等等，都應該被消滅。

可是，這些詞彙的反面，諸如勇敢、果斷、自信，明明都源於這些所謂的負面情緒。

真正的勇敢並不是不害怕，而是明明清楚知道自己畏懼，卻選擇去面對、去戰勝自己的畏懼。沒有畏懼，如何勇敢？

與其追求當個毫無暗黑念頭的聖母瑪麗亞，我們倒不如實際點，追求當個即便暗黑環繞也能堂堂正正的人吧。

這意思是說，無論多麼嫉妒、多麼憤怒、多麼看不慣，我們都不能傷害別人。絕對不能讓暗黑的情緒控制我們，讓我們做出理智不容許的事。所謂「言行舉止」嘛，嘴巴說出來的話、雙手做出來的事情，統統都不能輕忽，不能想著這是小壞事就去做，進而傷害到別人。

爸爸有交代，我們家的家訓是以妳想被對待的方式，對待他人。

所以內心小小吃醋、小小嫉妒正常，但以嫉妒為出發點對別人下手，可絕對不行。

關於內心深處的小嫉妒，我總是開玩笑說，那是人生三大樂趣之一。

「嫉妒漂亮女生」、「看自己買不起的包」，和「愛自己愛不到的人」，並稱人生三大快樂！讓女人貧瘠的心田開出樂趣的小花。不要把嫉妒的感覺當作一件多麼嚴重的事，而是以輕鬆的心態淡化它的存在，不讓自己變成整天背負這份情緒的綠眼怪獸。

只要心態正確，嫉妒和羨慕都可以是俏皮可愛的。我真的這樣想。

把我的想法提供給妳參考看看。

愛妳的媽媽

濾鏡人生

親愛的女兒，

陪妳做數學的蘇菲亞姊姊很沮喪。她從社交軟體上發現，今年暑假她的同學們全都跑到歐洲去了，有人去了法國，有人去了義大利，有人居然去了克・羅・埃・西・亞！（克羅埃西亞是什麼地方，真的有人知道嗎？）那些留在美國的，有人去了紐約參加昂貴夏令營，有人日復一日躺在邁阿密的海灘上悠閒享受日出日落。反觀蘇菲亞，一周三天來巷口徐太太家陪一名年輕貌美的小學三年級學生做數學練習題，賺取零用錢。兩相比較之下，難怪她悲傷不已。

妳是不是和媽咪一樣，其實不明白手機上那些歐洲照片有什麼好羨慕的呢？說到底香榭大道不過是一條拓寬的馬路而已，長那樣的路我們美國也有很多。登上巴黎鐵塔還得排好幾個小時的隊，腿都瘦了還上不去。而且妳知道嗎？在歐洲大部分國家，想上洗手間得付費，大筆大筆白花花銀子就這樣沒了，痛徹心肺。但本人，又名波特蘭徐太太的家不會這樣，在徐太太家門內上廁所不用錢，窗明几淨，光線充足，可以盡情享受奔馳的快感。當妳從廁所出來，美麗的徐太太同樣提供熱可頌和馬卡龍，外加源源不絕的精選習題，讓妳無限徜徉於知識之海，游啊游的，強身健體，前途似錦。

說到這裡，妳還想去巴黎嗎？妳不會想。

想留在波特蘭徐太太家寫數學嗎？點頭如搗蒜。

說到這裡，如果我告訴妳「手機裡的東西都是假的」，是不是很沒說服力？尤其當我自己在網路上寫很多文章的情況下。

那麼我會說，手機裡看到的東西，彷彿這樣一個小點「•」，只是生活的一小部分而已。

真實生活的模樣可能是這樣：「•••••」。

也可能是這樣：「•。。，•」。

總之，不會千篇一律都是米其林三星的樣子。

妳想我們什麼時候會拿出手機拍照呢？是不是只有心情好的時候、去吃高級餐廳的時候、買了昂貴新鞋的時候。這些是「特別」的時刻，不是日常，妳甚至可以假設這些照片的內容就是那個人生活的頂點也不為過。

反之，吃到臭酸的菜餚、襪子破了個大洞、考試不及格被媽咪痛罵、車子被拖吊、衣服洗縮水，當這些失意辛苦的時刻來臨，我們不拍照。掙扎都來不及，哪還有興致拍照？然而這些醜不啦嘰的時刻占了我們人生很大的部分，也才是生活真正的模樣。

拿掉了所有的汗流浹背和氣喘吁吁，那個叫做「濾鏡人生」。

我們必須把「濾鏡人生」這種狀況放在心上，下次看到人家長得太漂亮、生活太舒服而開始可憐自己時，趕快對自己說「那不是真的，那不是全部。那不是真的，那不是全部……」，像背經書一樣在心中默念，以求維持心理健康。

另外介紹妳一個抗崩潰密技。妳可以在腦海中收藏幾個我所謂「人生畫面」，就是身為人必定會有的畫面，在關鍵時刻拿出來使用。我個人推薦的實用畫面例如：

——在馬桶上穿著襪子滑手機
——彎著身子剪自己的腳趾甲
——聞聞看自己的腋下有沒有汗臭味

當然，像妳這麼機伶的女生，想必可以從日常生活中蒐集更多醜八怪畫面，只要在關鍵時刻、即將崩潰之際，趕快調出腦海中的檔案放在手機畫面旁邊，自我平衡報導一下，長此以往，必能維持健全正向的心理健康。

此外，因為在網路上寫作的緣故，我有著比一般人更多隔空接觸陌生人的經驗。我必須說，在網路上接觸網友這件事，比我原本想像的更……怎麼說才好，赤裸裸的碰觸人性嗎？

人與人面對面互動時，人類的行為會受到社會規範的限制，大家會約束自己，不會說不該說的話，不做不適當的事，保有起碼的底線。一旦到了網路世界，因為都是存在於虛無空間裡的陌生人，很多時候還用了假名字，感覺說什麼、做什麼都不會被發現。在這樣的情況下，很多可怕的小惡魔就放出來了。網友會把他們在各自生活中的憤怒、對你的嫉妒，全部毫不掩飾地發洩出來，成為箭靶者將承受很大的傷害。

曾經某一天醒來，我發現一個過往熟識、現實中知道是誰的朋友，在網路上寫了很惡劣的話批評我的外貌、批評我的學位，也批評我沒資格做我現在做的事。由於毫無心理準備、由於是現實生活中的熟人，我真的相當受傷，還在家裡哭了。爸爸看了非常心疼，卻也沒有幫得上忙的地方。

我都幾歲了，還被這樣的事情困擾，面對無形的傷痛、沒來由的惡性攻擊，果然是任誰都有可能難以招架。

後來偶爾還是會有來自陌生世界的批評，說我英文爛、不用心帶小孩、不會畫眉毛，五花八門什麼都有。只要在網路上活動一天，這類評語就永無休止，只要有心理準備，不讓這些聲音往心裡去，那也就好了。

不過，這種赤裸裸的人性修煉對年幼的妳來說是完全不必要的雜音，一點健康成分也沒有。我們也不希望妳過早加入追求按讚人數的遊戲。社交媒體的追蹤、按讚人數，就像大富翁桌遊的財產，都不是真實世界的東西。這一點，我同樣希望妳能放在心上。

最後，我非常清楚社交媒體是現今社會不可忽視的力量，它是與世界溝通的渠道，是把妳的理念推行到全世界的方法。我希不希望有一天聽見妳的聲音傳播到遙遠的地方？當然想。

所以我們現在要做的事情是等待。等待妳長大，成熟到足以在網路世界明辨是非、保護自己，成長到妳準備好對世界訴說屬於自己的故事，那時候妳就可以擁有自己的社交平台帳號。在那之前，都不可以。

我和爸爸設定的年齡是十六歲，和汽車駕照一樣。要知道，網路的危害不亞於交通意外，我們把門檻設在十六歲已經是開恩了。不准討價還價。

愛妳的媽咪

對的問題，對的人

親愛的女兒，

我在加州讀書那一年，有位學姊和史蒂夫·賈伯斯喝了咖啡。史蒂夫·賈伯斯耶！矽谷傳奇人物，世界各國元首排隊約見的超級巨星，居然在大學附近的平凡咖啡廳和平凡研究生喝咖啡！到底是怎麼回事呢？

原因是那幾年蘋果公司發現世界上最優秀的學生，例如史丹佛大學的，都不想去蘋果電腦上班了，收到來自蘋果公司的錄取信後往往捨棄不去，選擇了矽谷其他公司。這無疑將造成蘋果電腦內部人才密度下降，阿呆比例上升，對偏執狂史蒂夫·賈伯斯來說可是大問題，他想知道為什麼。

想知道人家為什麼不來我們這裡，最好的辦法就是直接去問他本人。

史蒂夫．賈伯斯寫了一對一的電子郵件給學生，邀請他們和他喝咖啡，學生們當然樂意赴約，於是他就能從學生們的嘴裡聽見外人眼中的公司問題，以及造成人才流失的主因。賈伯斯了解缺陷所在，拿到正確命題之後，身為公司執行長，開車回公司後便能馬上著手解決問題。

同樣的行事邏輯，推出專售蘋果電腦的實體店鋪之前，大家都很懷疑這想法實不實際、會不會成功。當年手機和筆電的社會地位很低，屬於電子通訊設備領域的產品。「電子通訊設備」六字聽起來不就和醜八怪畫上等號嗎？一點都不刺激，也沒有魅力。人們需要購入這類物品時，第一時間會前往電子家電賣場，在洗衣機、電冰箱和微波爐的走道之間穿梭，在實用度和價格帶之間考量，如此模式不是賈伯斯要的，被放在吹風機和電磁爐之間評比不是他眼中的自我價值，他必須為自家產品做到「重新定義」。

嶄新形象的呈現首先是移出小家電社群，走入時尚奢華的殿堂。但是，奢侈品產業不是誰都能做的，如何能夠得知此想法具體落實的可行性大概到哪裡呢？

這個問題要問誰，賈伯斯腦袋裡有清楚的人選。他打電話給世界上最會做奢侈品的人

——LVMH集團主席——法國的阿爾諾先生，詢問他的看法。阿爾諾先生回答他：「當然可以，只要你把店鋪開在LV專門店附近就行了。」

答案非常具體，也相當符合邏輯，因為LV店鋪早已經過精密選址，也在周遭街邊氛圍下足了功夫，再加上商店街群聚的本質，只要在這條街上擁有一席之地，基本宣告了新品牌的到來。

一個好問題很快得到一個具體可行的好答案。賈伯斯雷厲風行照辦。

這時，同樣製造電腦的戴爾電腦主席發表了不同的看法。他認為筆電就是辦公室用品，絕對不可能和時尚產業有任何形式的連結，畢竟本質上它們就是完全不同的東西，到底如何能夠鬼扯轉型呢？簡直痴人說夢嘛。

當然，歷史的結果我們早已知曉。賈伯斯打了一場成功的戰役，把蘋果電腦公司推向了世人不可想像的高度。

賈伯斯先生在這回合成功的原因很多，並非我想和妳討論的重點，今天我想和妳說明的想法只有一個，也就是「簡單明快問題」和「帶著這個問題去給對的人」對於解決問題的重要性。

大家不來蘋果上班，賈伯斯先生就直接問他們：「你們為什麼不來？我要怎樣才能吸引你們來？」

想把產品賣得像LV般高貴奢華，賈伯斯先生跑去問LVMH主席：「我要怎麼做才能賣得像你那麼好？」

把簡單的問題，拿去問最能提供答案的人。

世界的運行，有時候真的只是這樣而已。

好比妳上學考試，某項作業發回來的成績不如預期，妳看了心裡有疙瘩，應該怎麼做才好呢？答案很簡單，誰給妳成績，妳就去找誰。妳應該問老師他給妳這個成績的原因，具體哪裡做得好？哪裡做得不好？又如果妳想拿到更好的成績，是不是還能多做些什麼，提升整體表現？

問出明確的問題，找出具體能做的努力，之後回家趕快做。

這就是我期待妳做的良好表現的循環。

相對於如此循環，拿到成績了，感覺有點不滿意，卻想不出問題在哪，持續糾結且逐漸喪失自信。老師只看見妳垂頭喪氣，卻感覺不到妳想進步的心情。他不了解妳，也不知道如何幫忙妳，情況不見改善。

兩相比較，我們是不是在第一時間就應該用良好的溝通求進步呢？

但我想很多時候，直球對決需要勇氣。

身為普通人，我們經常有許多不必要的糾結和各種行前自我貶低，明明知道沒用處，卻忍不住在心裡反覆這麼做。

我猜這樣的反應很合理，完全符合基礎人性。

像賈伯斯先生那樣反射性動作的人，使出來的是全然的獸性，一種以野獸本能突破萬難，讓近乎完美產品誕生於世界的巨大力量。

可是寶貝呀，有時候事情真是得這樣才能做成，想得少些，讓野蠻的直覺推動你，你才能推動世界。

愛妳的媽媽

瘦子不懂減肥

親愛的女兒，

我在台灣生下妳，照台灣習俗，生完小孩後第一個月是特別的時期，那時女生的身體格外脆弱，需要特殊照顧，所以台灣的媽媽們會入住一個類似有醫院功能的旅館，叫做「月子中心」。

當然我也去了，帶著剛出生的妳，兩人舒舒服服住著，彷彿天天聖誕節那麼滋潤。

習俗上這段時間也是親友來探望新生兒的日子。

月子中心的護士阿姨們會把新生寶寶放在一個一個推車箱子裡頭，緊緊靠著一扇巨大的透明窗戶，來訪親友可以像在麵包店裡選購生日蛋糕般隔著窗戶看新生兒，展開各種品頭論足，「這個寶寶頭很大」、「那個寶寶頭髮很多」之類，仗著寶寶無法反駁，大放厥詞。

我在月子中心期間有對夫妻來探望我，先生是爸爸的職場同事，他太太是一名ＢＬ作家，其實我和他們不熟識，但仍然，他們很好心的前來探望。

因為真的不太熟，他們的模樣和來訪情景我忘得差不多了，唯一難以忘懷的是那位ＢＬ作家太太的智慧箴言。

她慎重地對我說：「瘦子們，不懂得怎麼減肥。」

這句話在眾多來訪賓客的發言裡鮮活地站了出來，引起我的注意。除了它和如何把嬰兒養活完全沒關係之外，我隱約感覺這句話的誕生蘊含了許多淵遠流長的人生智慧。

ＢＬ作家進一步解釋，因為她自己終其一生都是易胖體質，小時候更是屢敗屢戰不停歇地和自己的體重戰鬥，實驗了各種方法，失敗了無數次，直到當了媽媽的年紀才終於感覺自己和自己的身體達到了某種前所未有的和平狀態。她終於明白了應該怎麼對待自己，如何有建設性的節制，才能穩定的得到自己覺得理想的體重。

這是一場長期征戰，一趟為期甚久的自我管理訓練，如果原本就是瘦子，從未經歷此一過程，也就不懂如何做，必須從頭學習這方面的自我管理。

ＢＬ作家對我吐出這句話是因為，女生生完小孩後有很大機會因為身體變化而有體重問題，如果又是所謂的天生瘦子，真的有可能變得很胖也不一定。

「所以妳可能得練習練習」，她對我說。

雖然後來我並沒有因為生小孩變成大胖子，多年之後確實因為兩年的新冠隔離而變得好胖，也確實一直沒辦法變回來，自我管理對天生瘦子的我來說真的好難，我根本沒有節食經驗，看到白飯就想吃光，也不想運動，只想躺著睡午覺，最後落得當個實實在在的胖胖。午夜夢迴之際，我這胖胖都會想起ＢＬ作家說過的話，覺得真不愧是作家，智慧結晶都是瘦子的形狀啊。

為什麼要跟妳說這則故事呢？

因為我覺得「瘦子不懂得減肥」的道理，同樣可以運用到人生的方方面面。就好比讀書，其實我個人在讀書方面並沒有遭遇過太大的挫折，最大的挫折大概就是大學聯考的結果，但說實在也沒那麼糟糕對吧。由於求學歷程尚算順遂，以至於我沒經歷過「遭遇一堵牆」的困境，也就沒有「必須想方設法通過」的挑戰，長期沒練過，可想而知長大後在生活中遇見了「那堵牆」，繞道而行的能力也就不厲害，在環境中悠遊往前的本領肯定不高。

反觀爸爸，據他描述，他年幼時可謂鑿壁引光、勤勉向學，但成績很爛，和媽媽我完全不是一個檔次，只能算普通學生。可是他的上進心和企圖心一點都不普通，他是個一心向上的男子，於是便想方設法提升成績，讓自己表現得和優等生媽媽差不多好。對爸爸而言，這也是一趟屢敗屢戰的終極煉丹之旅，自己就是那顆丹，自己把自己修煉好，成為一個更優秀、更堅強的男人。

妳是一個丹，自己的丹只有自己能煉到好。或許在某些方面，妳感覺自己沒有天賜的才能，老天爺未曾賞妳一個方便懶惰的際遇，可是寶貝妳知道嗎？即便是天才也有困頓之處，有許多不可得的事情。沒有不遇上挫折的人生，如果在重大難題誕生之前，妳能就小小困難稍微練練，盡可能提高自己的能力值，當真正的人生困境來臨時，或許妳會感覺沒那麼可怕，能夠相信自己的能力，也馬上知道該怎麼做。有功夫之後，便再無懦夫了。

祝妳煉丹成功，變成很厲害的大人。

愛妳的媽媽

自我管理新視角

親愛的女兒，

今天我想跟你分享一個生活管理的嶄新視角。

我們亞洲人談起「自我管理」，無論是「外貌管理」還是「成績管理」，其實很大程度討論重點都集中於「自律」、「自我規範」和壓抑不良欲望等範疇，把未來將得到的好成果和眼下的吃苦耐勞掛勾在一起。如此強烈的傾向和我們的傳統文化息息相關，也間接導致了我們只著眼於忍耐，彷彿沒有更科學的方法自我管理似的。

我想分享一個最近學到的新思維。

生活裡不是充滿了那種「無庸置疑」、「一定會發生」的事情嗎？舉個例子來說，首先是「失敗」。

無論一個人多麼了不起，天仙下凡的天才，他都不可能不失敗，絕對會有做錯事情的時候。花點時間把這事實放在心上，記住它，理解它。當這個大前提設置在腦海裡以後，我們意識到「失敗」總是會發生，下一步要追求的便是「失敗管理」，不要讓自己失敗得太多、太糟糕，即是實際意義上的成功。

好比妳上學經常考試，絕對不可能天天考滿分。考試不盡人意時，我們可以想著這總是會發生，沒什麼了不起的，重點是必須管理考試結果的「程度」、「大小」、「趨勢」。我們的目標是失敗的狀態漸小、漸輕、逐漸不見，朝那方向去付出實際可見、確實可行的努力，那才是我們要的正向成長。

又好比「交友」。交友分為「數量」與「質量」。

以「數量」來說，什麼是其中「無庸置疑」、「一定會發生」的呢？那就是一群人之中，肯定有妳喜歡的人和妳不喜歡的人，同理，也會有喜歡妳和不喜歡妳的人。知曉此一事實，其實就沒什麼太多糾結了。

我們首先需要費心的，是「讓妳喜歡的人也喜歡妳」，管理其機率，此機率一旦上升，校園生活的幸福指數肯定大幅提升。

又或許妳有點貪心，希望妳不怎麼喜歡的人，甚至原本不喜歡妳的人，最終都能投誠，轉變立場開始喜歡上妳。其實我覺得這個念頭很好，妳會希望自己能廣受歡迎，但我們也能想像要做到這點並不容易。不容易，但並非不可能。翻譯成為數量化管理腦的語言，那就是機率不高，但不等於零。值得嘗試，並管理其成功率。這數字任何幅度的上升都值得嘉獎，幫自己拍拍手。

質量方面，我們肯定希望自己能被優秀又誠信的朋友群圍繞，因此可以評估目前身邊朋友的人格特質和個人能力是否符合期望；如果反映出的結果是優秀人才密度不夠，我們也能反思自己，看看怎麼自我提升、改善一下。

再舉例「無庸置疑」、「一定會發生」的事情還有「決策錯誤」，以及決策之後的失敗結果。地球上所有的人都做過錯誤的決定，毫無例外。意識到這事實，接著從這事實出發去管理自己的決策結果。

隨手舉例，例如……「倒追籃球隊長」好了。衡量之後覺得有可能不是個聰明的決定，畢竟之所以倒追隊長最大的可能是因為打籃球的男生很帥、受女生歡迎，但打籃球的男生不見得體貼、風趣、聰明，更大機率不是個好男友人選。

綜合評估之後，得手機率低，處不來機率高，可虛榮指數同樣非常高。妳可以決定倒追，也可以決定不倒追。

如果妳最終決定還是去嘗試，結果告白被拒，某方面來說也在預料之內，此時我們就要趕快拿出「自我管理」思維模式應對。告白籃球隊長失敗了，導致愛情勝率數字為零。聽起來好像有點糟，但因為在預期之中，好像又不那麼糟糕了。要進一步提升愛情的勝率，根本解決辦法就是趕快再向其他人告白，多試幾次，數字就會變化、就會跳動，不會永遠是零；可要是反過來，失敗這麼一次就自暴自棄、悲泣直到三十歲，那這失敗數字就不會變化，一直一直持續維持在零。

屢敗屢戰是提升勝率的必要條件。妳懂我的意思。

我不是真的讓妳到處告白，一切僅是比喻，妳明白吧。

最後一個自我管理的提案是「能力」。無庸置疑，每個人都有擅長和不擅長做的事情。

就算是愛因斯坦這種不世出的天才，很明顯地也有很多做不好的事情，比如他不會梳頭。如果愛因斯坦不清楚自身價值所在，看不清自己的能力，決意朝美髮界發展，普林斯頓不念跑去考沙宣美髮學院，他只會變成萬年重考生，就算未來終得畢業也僅搆得C級美髮師頭銜，一輩子在不得志的苦海裡苦苦掙扎。

所以問題在哪？愛因斯坦應該怎麼做才能提升人生的勝率呢？

答案無疑是好好算他的物理。不要隨便亂跑。

妳理解我的意思嗎？以自我擅長對抗世界，則勝率高。就這麼簡單。

以妳和弟弟舉例，弟弟無論心算多麼快速，如果你倆今天比賽「跟陌生人說話」，他都是妳的手下敗將，一百次競賽，他會輸給妳一百次。這妳心裡最清楚。

這例子告訴妳什麼？

妳得幫自己挑個正確的賽道，正確衡量自己在這條賽道上的成功率和失敗率，並且誠實管理這個數字。仔細評估，好好挑選，做個好決策，接著施行一系列實際可行的動作增進妳在這條賽道上的進步。以上就是良好的自我管理。

愛妳的媽媽

不酷的孩子長大了

親愛的女兒，

國小的我非常討厭我的學校制服。

白色襯衫搭配天藍色吊帶百褶裙，聽起來好像是個還不錯的組合，畢竟白色配天藍色能難看到哪裡去？但是事實上，這套衣服和電視裡日本小學生穿的完全不一樣，最大的差別在質料。人家日本小學生穿的看起來除了白淨之外，還一副很柔軟的樣子，可當年我身上的制服之僵硬、之不透氣，令人感覺自己天天穿著垃圾袋上學。

台灣是個熱帶島嶼，一年大概有兩百多天熱呼呼的日子，每當天氣熱起來，我總能感覺汗珠乾淨俐落的沿著後背流淌而下。當然，流淌途中肯定會碰上襯衫，但襯衫幾乎不吸水呢，因此感覺總是很不好，只能日復一日地忍受。

還有那百褶裙不曉得怎麼回事，從出生到退休都不用燙，如果想硬把它宛如帳篷般直立在桌子上似乎也辦得到，這會兒看上去，簡直和我奶奶隔絕蒼蠅用的餐桌罩有幾分相似，堅硬、精實、刀槍不入。

總之，我討厭我的制服，而且知道世界上除了身上那一套，還存在許多好得多的制服。例如我生活的城市裡有間教會學校，蓋在浪漫的教堂附近，校園內門禁森嚴，除了極富神祕感的修女之外，只允許該校學生和家長出入。他們的制服我研究過了，很漂亮，呈現天空般迷人的藍，有著我想要卻不可得的柔軟。

當時我想，為什麼我不能來念這間學校呢？他們的修女比我們肥胖的訓導主任好多了！我多麼渴望天天穿那樣的制服上學！無奈無論內心如何渴望，我都不能對外公外婆說，只能一直待在家裡附近的小學，穿著超硬襯衫直到畢業。

小學畢業後，我進入家裡附近的國中就讀，接著考試進入了這城市最好的高中，一路穿著各式各樣的不透氣制服。更慘的是，隨著年紀增長，我開始注意自己的外貌，當我在鏡中看見那象徵成績優異的女中制服時，它仍然給我一種不透氣感。涇渭分明的白衣黑裙，單調無味的暗色青春，自始至終我未曾得到自己想要的柔軟，只能接受並繼續在僵硬中生活下去。

我知道有人不用像我這樣。我知道有人不需要日復一日地穿梭在題本和考試之間，有人天天擁有下午自由的時光，有人不需要被無意義的規矩壓得死死的，而是有朝氣的生活且不用付出代價。我也想那樣，我渴望穿上純棉的制服，給我純棉的制服！

曾經擁有那樣生活的人，是妳的爸爸。

幾個月前的某一天他整理他的書房，眾多舊書中突然出現了高中畢業紀念冊，驚喜之餘他和我開始翻閱。想當然耳，他展開了一趟中年男子回憶之旅，對我細數每個同學的人格特質，當年在某某活動裡這個人做了什麼特別而令人難以忘懷的事。爸爸一個故事接著一個故事講給我聽，趣事繁多簡直沒有終點。

當時我想：「這些人都有鮮明的性格耶。」

真可惡，我也想要有鮮明的性格！

那本冊子裡，爸爸和他最親近的朋友三三兩兩坐在學校的走廊上，走廊筆直，光線敞亮，兩側有著電影中才有的美式置物櫃。照片裡的學生穿著九〇年代的流行服飾，像是寬鬆上衣和大得過分的牛仔褲，有黃頭髮、褐色頭髮、黑頭髮，也有蓬鬆捲髮、僵硬直髮和……沒有頭髮，重點是，他們笑得很開心，一副沒有被壓迫過的樣子。

這條走廊和走廊上的他們讓我的眼睛紅了起來，嫉妒的薄霧環繞著我，我既羨慕，又憤恨，又羨慕，又嫉妒。我真的很嫉妒，而我從不嫉妒。

他們擁有我一生都不會有的青春，也擁有我一生都不曾擁有過的「輕盈的感覺」。原來真的有努力也得不到的東西！努力得不到的東西，就是不努力的權利。

我的人生有好一陣子因為渴望和那些小孩一樣而陷入深沉的迷惘。我崇尚努力，我喜歡上進的過程和上進的結果，覺得用功給人視野和能力是不用質疑的；但在同一時間我又擔心那麼努力只會讓自己顯得更狼狽。各種矛盾之下，我變得非常不知所措。我給自己的人生指南針突然失效了，我該何去何從？

如果我永遠都當不了「自然流露的酷孩子」該怎麼辦？

時間快轉到現在，妳知道我最近當了大人嘛，開始有了很多大人的事情得處理。上次回台灣時，因故需要一位在台灣執業的律師，我找上了兒時同學。這位同學她從小就非常優秀，如今長成了一位出色的律師。我和她因為法律諮詢而頻繁見面，每當我丟出一個混沌不明的問句時，無論如何知識淺薄、見聞狹隘，她都能用簡單明瞭的敘述方式讓我明白本該艱深的法律邏輯。她可以一邊泡茶或是一邊吃點心，一邊解決我的難題。在那個當下，我真心覺得有知識、有姿態的獨立女性好美好美，像牡丹花般綻放。

又因為我倆的相聚，引出了更多兒時朋友，讓過去多年未曾出現在我生活中的名字，一個又一個回歸到了我的生命裡。我才發現，當年在書海中辛苦浮沉的大家，現在都長成了很了不起的女生，有醫師、有科學家、有教授、有公司負責人。看著她們，我突然因為自己是這些成功女人的朋友，被她們視為一份子而深深感到驕傲。她們如此優秀美麗，在台灣社會各自占據了了不起的角落，能被她們認可，一起坐在這裡吃飯、喝茶，和大家一起計畫海外旅行、一起討論子女教育，我真的湧生了某種榮幸的感覺。

這些當年肩頭一點都不輕盈的女生，如今都長大成人了。因為是大人，或許現在的我們依然怎樣都稱不上輕盈，但是因為這些朋友都足夠優秀、都充滿智慧的光輝，談吐優雅，舉止大方，說起話來很容易，和她們在一起確實擁有了輕盈的感覺。原來世上真的有不努力絕對得不到的東西呀。

那一刻，我對美國私校走廊濃厚的嫉妒徹底消失了。

不知道為什麼，我總覺得妳爸爸照片裡那些同學，長大之後應該沒有那麼酷了，因為大人世界的酷和青少年宇宙裡的酷，成分不一樣。

大人世界的酷，必須泛著聰明智慧的光芒。外貌那類條件的重要性隨著年齡增長大大降低，腹肌頂多只算是加分項而已。當然，腹肌如果練得超好的話，也是滿不錯的，我只是說，如果。

就先講到這裡。

愛妳的媽媽

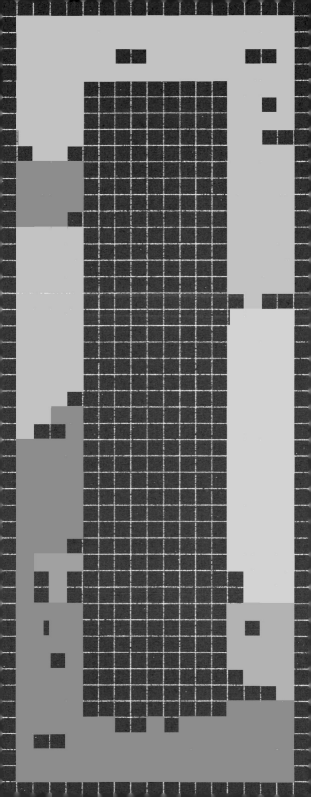

好好學習

親愛的女兒，

今天早上一起床就唸了妳一大頓，原因是我忘記告訴妳今天是「睡衣上學日」，一向愛漂亮的妳一大早急急忙忙想要穿什麼上學，弄了一床滿滿都是衣服，亂七八糟的，令人生氣。

此時我體內的台灣媽媽浮現，開口道：「拜託，妳是去上學的，不是去選美的耶。」這句話聽起來很討厭吧，但它其實是台灣媽媽經典金句前十名，和「我是為妳好」不分軒輊。幾乎所有台灣媽媽金句都是教訓中帶點諷刺，很少有單純的直球。沒辦法·這就我們的文化。

每一回唸了妳，約莫五分鐘之後，我就開始感覺到強烈的罪惡感，想著自己是否不應該這麼做，是不是有更好的做法。

我想問題在於我是個對大部分事情有期待也有要求的人，而且我的要求，據我身旁的大人說，很嚴格。曾幾何時，我是那種全系學生都在打電動時，一個人默默去圖書館念書直到閉館的女生。

如今我長大了，成為一個大人。大家都說當妳長成大人後會變得比較圓滑、比較通融，標準會寬鬆起來，因為在長大變老的過程中，人不得不接受自己是平凡人的事實，會逐漸從半空中下來，過起比較貼近地面的生活。我覺得我就是，我比較放飛自我，不再要求自己扮演苦行僧；當事情降臨我的孩子身上，因為溺愛的緣故，我其實對你倆展現出前所未有的寬容。

我相信你們都同意，我是你們見過的所有亞裔媽媽裡，最不管事的。

我從未因為考試成績罵過妳一句，不為學科表現大驚小怪。平日的課外學習完全依照妳個人興趣規劃，不想學琴就不學，想學美術就大力支持；要求妳加強學科，買下各種參考書籍，幫妳規劃好學習進度後，倘若妳不了了之，我也不會大抓狂。

但這樣的施政，真的好嗎？

總覺得該完成的功課沒能如期完成，不是有責任心的表現。可以不在乎成績，但不能不在乎責任心，這妳同意嗎？

我的理想狀態是，我給妳「尊重與自由」，妳給我「尊重與自律」。

人與人之間無論年紀，相互尊重是應該的。身為妳的母親，我就算在法律上都得為妳負責，管妳、規範妳是社會和法律對我的要求。小心翼翼管理妳生活的同時，因為我愛妳，希望妳幸福快樂，我做任何決定都會顧及妳的個人感受，在妳的喜好和福祉中求取平衡。把妳放在心上是我對妳的尊重；妳也得把我放在心上，尊重父母。

在這裡，「尊重」的意思是對父母絕對的誠實，答應父母的事情都必須做到。隱瞞和欺騙有千千萬萬手法，只有相互誠實以待，維持彼此的信任，才是尊重的表現。

此外，自由的基礎是自律，妳得有能力自己管理自己，那我才能樂得不管妳。其實我不喜歡管人，也不想在乎各種小細節，倘若妳能自己管好自己，我是再歡迎不過了。但若要我眼睜睜看著妳自由自在地做一大堆笨事，不求甚解或是不求上進，那我恐怕做不到。我絕對會插手。再怎麼說我都是力求上進的第一代移民媽媽，這是我的真身，也一點都不打算隱藏我的看法去扮演別人。

由於從小到大沒被管過，我是個非常獨立自主的人，導致現在不知道如何追在孩子的屁股後面緊迫盯人。那違反了我的性格，好難做到啊！

「心中有要求，手卻毫無執行力」是我對自己在「虎媽」象限的自我評價。

我希望有朝一日習得執行管理的方法，不要平日甚少聞問，一問又愛生氣。我暗暗猜想，如此浮動下去，長此以往可能會演變成母女之間的摩擦，進一步造成重大裂痕。

「在乎就多管點，不管就真的徹底放手。要管又不管的，稱不上好漢。」我時常對自己這樣說。

妳看，一個母親的內心多麼百轉千迴。和妳分享，希望妳能關懷與體諒。

接著說「穿得漂漂亮亮去上學」這件事。

妳知道我和爸爸是支持的，我們花了比一般美國亞裔多了不知道幾倍的預算讓妳治裝，我們喜歡孩子們穿得整齊體面，認為這是社會學習的一部分。

對我們來說，穿得整齊漂亮就像每天早上起床刷牙洗臉，必要做，都得做，但不是生活中心，不是每天都得思考的那一種重要。

對學生而言，用功學習才是最重要的事。沒有什麼比擁有一顆聰明的腦袋更美麗。衣服要買隨時有，舊了隨時能換，像這樣不費力就能獲得的，通常都不是多珍貴的東西。喪失學習力和判斷力，腦袋笨了，要上哪裡買？想換，終其一生也無法換的。

妳現在擁有無憂無慮受教育的機會是一種特權。好好感謝上天送給妳的機會，懷著感恩的心，好好學習，享受這段單純而美麗的時光。

這些話或許聽來很老派，實際上也很老派，但這雋永的老派是真理，聽著、學著、珍惜著。

最後再說一次我愛妳，但我還是會繼續罵妳的。

愛妳的媽媽

資優班

親愛的女兒，

在我小時候的台灣，無論學校環境或升學制度都和妳現在身處的環境非常不一樣。當時的台灣不講究學生的個人特色或專長，反倒可以想成把每個小朋友的臉蓋起來，然後在他們的座位前面放一張成績單，成績單的數字就代表了每一個小朋友。每個人都有一串浮動的號碼，用這些號碼和數字排序，決定哪個小朋友可以念哪間學校、擁有哪些教育資源、邁向什麼樣的未來。

箇中邏輯和我們現在身處的美國教育體系，基本上完全相反。台灣的體制掩蓋個人色彩，用無味的調性成就「公平」。「公平」是台灣升學體系想要的。有一好沒兩好，為了「公平」，可以犧牲很多其他考量。

我猜這在妳眼裡看來應該很像 Netflix 韓劇《生存遊戲》吧，大家一起穿上制服往前跑，最後看看哪些人存活下來。我不評論這體制好不好，每個教育體制都有它的長處，總之，我成長於這樣的體制裡。

在那體制下，我從很小的年紀開始就被放在特殊班級裡，和許多超級聰明的孩子一起上課、一起跑步、一起睡午覺，因此從小身邊就充滿了天才，被成績好的孩子團團圍繞，導致我一直以來都覺得那樣的智商密度是正常的。我幾乎沒有跟不聰明的孩子相處過，不知道原來有人會「看不懂」。

以上這段話不是要驕傲，只是向你描述我生長在特殊環境而不自知的真實狀況。有很長一段時間，我認為「聰明」是「普通」，「天才」的孩子是「聰明」；看我自己則是笨。所謂「集體降級」的概念，大抵如此。

現在成為大人的我回頭看，對於成長中的孩子而言，那環境還真是詭異啊。

無論如何，那是我僅有的成長經驗。

我不知道其他孩子怎麼過日子，我就是去上學，努力在天才群中掙扎求生存。看著身邊的同學付出非常非常少的努力就拿到好成績，吸收任何新知識皆如呼吸喝水般自然，這給年幼的我帶來很大的壓力。

當然，我有自己的天賦才華，我學習任何外國語言都非常容易，教室裡出現任何新語言我都是最快學會的那一個。在這門學問上，我確實不輸給任何人。可是即便心底如此肯定自己，對當時的我來說，仍然遠遠不夠。上帝賜予我的能力不是數學，不是物理，不是化學，語言能力只是次等能力，一等能力是數理，而我沒有，我的數理很普通，只是普通好而已。

我為我的普通，日日夜夜掙扎著。

這份不幸的掙扎，不只我一個人有。班上其他幾位孩子也有相同的困擾，畢竟每天起床都得和自己的低智商面對面並不容易。

第一次聽到身邊親近的女生習慣吃百憂解時，我覺得自己的世界在那瞬間變了，不再單純。我和她當了很多年同班同學，她智慧與美麗兼具，一直是我嚮往的對象，但她定期前往身心科，她的母親也很為她擔心，曾經交代我幫忙留意她在學校的狀況。得知和自己一起長大的朋友變成這樣子，用震驚來形容當時我的反應，一點都不誇張。

後來發生了更可怕的事。另一位同學出現了真的精神分裂的狀況。我和她其實很親近，某天開始她會說奇怪的話，每天晚上八點多打電話到我家和我練習英文對話，簡直嚇死我了。在那一切發生之前，她是個優秀的孩子，以全校前幾名的成績從國中畢業，是個品學兼優的好學生。無奈這樣的事情就是發生了，我只能說，生活對青少年來說真的不簡單。

競爭真實存在，每個人在某些時刻都會面臨嚴酷的競爭，無處可逃，這是生而為人的課題，我們只能相信自己。「資優班」制度不過是把現實提早呈現給青少年的殘忍方法罷了。

另一方面來說，如果年輕時經歷類似考驗並且活跳跳地走了過來，妳就會變成一個在成績方面刀槍不入的人。當然，如果只有妳一個人考不好，肯定會有點難過，不過也就僅止於此，平凡無奇的不舒爽而已。

傳授妳雲淡風輕口訣：「成績再爛，接著吃飯」。考得好，接著吃飯，明天再考；考得不好，接著吃飯，明天再接著考。沒有天崩地裂，只有持續穩定，日日向前，沒有

drama，不卑不亢地往前走。

痛苦的過程會給我們恆毅力，此外還會獲得一群天才戰友，一群可以相伴一生的聰明人朋友。

很難用言語形容我有多麼喜歡聰明、能力比我好的友人。能和他們一起做功課，對我來說彷彿是一起組搖滾樂團，無須彩排，只要靈感一來，隨時就能集體跳躍。那真是非常美妙的事。

爸爸喜歡的搖滾樂手邁爾斯・戴維斯（Miles Davis）在錄製《泛藍調調》（*Kind of Blue*）這張專輯時，採用了當時前所未有的手法。他找來一群天才樂手，僅給他們最基本的引子，接著在錄音過程中大量即興演出。一名樂手起了頭，另一名樂手憑藉現場的氣氛和靈感，還有自身具備的音樂才華，賦予這張專輯最靈活的創意，結果製作出了當代最好的爵士樂專輯，許多樂評甚至認為是音樂史上最好的專輯之一。

像這樣的過程和結果，要能如此運作，出色的樂手組合是百分百必要條件。只有優秀的人才能互相輝映，創造無與倫比的成就。而這是多麼美麗啊！媽咪由衷祝福妳有一天也能體驗如此暢快的感受，在那發生之前則要把自己準備好，在妳選擇的領域裡當個厲害的人，未來有一天，便有機會加入一個和邁爾斯．戴維斯一樣酷的團體了。

以這封信和妳分享我的童年回憶。希望妳好好照顧自己，好好寶貝自己獨有的天賦才華。祝福妳體內的約翰．藍儂早日遇見能夠一起綻放光芒的保羅．麥卡錫，而我會站在搖滾區最前排，狂撒螢光棒。

愛妳的媽咪

真正的知識

親愛的女兒，

有部電影提到，一個人如果要去銀行借錢，一定要穿上衣櫃裡最好的衣服，用最簡易的方式讓別人覺得他很有錢；如果想做的絕一點還可以租一部名貴轎車，大搖大擺出現在銀行門口，愈囂張愈好，用赤裸的金錢符碼抹滅窮光蛋的痕跡。如此一來，銀行行員就會覺得眼前的人很富裕，一定會按時還錢，就這樣安心地把銀行的錢借給他。

從這個想借錢的人的角度來看，上述做法既簡單又有效，當然要做。我們只能說，運用這個技巧的人非常聰明。

同一部電影裡也提到了紐約洋基隊帥氣的條紋制服。不得不承認，紐約洋基隊的制服和球隊Logo堪稱全世界所有球隊裡最令人印象深刻的，有朝氣、亮麗又顯眼，設計得實在非常好。電影裡說，這種帥氣的設計是為了吸引對手的注意力，多看制服兩眼的同時，便少看了球局幾分，在在給予洋基隊他們想要的優勢。

這說法有多少公信力我無法評論，但其中蘊含的邏輯，或說比喻，我個人認為確實有參考價值，至少值得停下來思考個幾分鐘。

「端出華麗的東西，故意吸引他人目光」，在中文世界裡叫「障眼法」。用各種各樣的「大小聲」匯集妳的目光，讓妳好好看向他要妳看的地方、接收他要妳接收的訊息，在此同時，忘卻一些對妳來說真正重要的事情。這也可以說是「聲東擊西」。

同樣手法出現在人與人的交談之中，就變成那種愛說「很厲害的字」的人。當大家輪流發表對新聞時事的看法，或針對某個困境提出解決之道，或討論著科學進展，某個人無法抑止地瘋狂丟出各種聽起來相當高級的讀書人詞彙，他就是在做前面提到的那件事，試圖用華麗的詞藻給在座者某種聰明世故的形象。

這做法要不是一個機靈的計策，就是一種沒自信的表現，很多時候也可能兩者都是。一個人沒有充分踏實的見解時，為了保護自己，最簡單暴力的法子就是翻閱腦海中的大人字典，隨時機丟出大量「高級感字詞」，希望藉由「傅立葉轉換」或「ＭＶＰ最簡易可行性產品」等詞彙展現聰明，阻止妳實地量測他的腦袋深度。

他不想和妳好好交談，他想要妳直接給他他要的肯定，他想要厲害的形象。

如果希望別人聽懂自己在說什麼，我們會用我們所知道最簡單明瞭的方式表達。這是通行全人類的直覺反應。美國人常說「像對一個五歲小孩說話那樣解釋給我聽」，無論多麼困難的觀念、多麼複雜的事情，一定都找得到簡易的解釋方式，即便科學觀念都能利用比喻描述給小小孩聽。如此要求對方而他做得到的話，就表示他的確有觀點；如果解釋不清，那基本上我們也能解讀為他根本不知道自己在說什麼，所有天花亂墜的詞彙在此瞬間灰飛煙滅，成為無意義的煙火。

「把我想成一個五歲小孩，解釋給我聽」，請把這實用的句子放在心上，廣泛運用於日常生活，願妳對世界的疑問都能獲得有效的解答。當然，我們可不可以偷偷在心中以回覆的品質評斷對方？答案是肯定的。心中有量尺，總比沒有好。

既然提到了「假扮的知識」，那，什麼才是真正的知識呢？

這問題好像有點抽象？好難回答呢。若使用簡單暴力的刪去法，我會回答「不需思考的背記」不是真正的知識。若硬要給點分數，頂多算是「常識」。例如背記地名，巴黎是法國的首都；或背記科學事實，章魚有八隻腳；或記住一些聽起來很厲害像是「女性主義」等在現今資訊充分流通的世界裡價值已經很低的名詞，畢竟隨手一查就能獲得這些簡單名詞的意思。

可是，如果我們著手學習巴黎如何成為法國首都的歷史進程；如果我們進一步理解章魚腳的構造、用途，甚至科學應用；如果我們理解女性主義的誕生和它對於今日的社會帶來何等影響，我們便在這些名詞的背後加入了思考脈絡，過程中便有了真正的學習。我們體驗了做學問應有的流程，學習科學邏輯，知道如何能從問題的產生，靠自己的力量走往正解，那麼以上的全部，都可以稱為有價值的知識了。

真正的知識需要由辛勤的思考得來，這是永遠不變的真理。

這時候妳會說，「那我每天上學不就花很多時間在『假扮的知識』了？」

我想以妳現在的小朋友程度，還沒有能力分辨哪些是真正有價值的學問。在能夠分辨並為自己作主之前，為了避免學習方面的遺漏，妳還是好好聽老師的話，多學一點吧。但我確實同意，現在學校裡的教學法的確不是百分之百提供有價值的知識，學校的運行和校外的世界是有落差的，用在校成績評斷一個孩子具備的知識、能力水準，是有那麼一點失真。

然而，那不表示成績沒有意義，不代表我們為成績付出的努力沒有價值。當我們拿到了好成績，我們便被學校制度分類成所謂的「成績優異」學生。那是一種分組的感覺，可以和其他「成績優異」的學生分在同一組，成為做學問的夥伴，共同成長，而能夠從優異的朋友身上得到的，遠比妳想像得多很多，光是這一點就值得妳為它而努力。這是我的真心話。

當個好奇上進的孩子吧，一定要努力用功喔。

愛妳的媽咪

在人類社會中穿梭自如的能力

親愛的女兒，

最近我和爸爸在認真考慮送妳上私立中學的事，考量點很多，其中包括了是否有必要，以及如果決定要送的話，幾歲開始送、送哪一間學校等。

這想法的主要原因是我們州的教育品質眾所皆知不佳，畢竟俄勒岡州是個窮州，超出我們住的區域以外，州民的教育程度和收入水準都不太好，導致平均攤提後的教育資源不足，州民對教育品質的要求落差很大。

爸爸和我都幸運地受過高等教育，可想而知這方面的品味會挑剔些。我們很重視這件事，一直把公私立教育選擇當作一個議題來討論。私立學校的學費當然是一大考量，另一個考量是對於從小念公立學校長大的媽媽我來說，我擔心如果年紀太小就進入私立體系，對於世界可能會產生某種無形的錯誤認知。

具體是什麼意思呢？就是看不見社會原本的樣子。

當然啦，我這想法有許多邏輯上的瑕疵，因為無論是誰都只能生活在自己的同溫層嘛。生活範圍內的所見所聞是我們每個人的狹窄小鏡頭，從生活經驗中汲取的養分則供給我們滋長茁壯，其他不曾見過的世界很寬廣、很陌生，是每個人都有的思想死角，每個人都有很廣闊的未知。

所以這到底是不是應該納入考量的事情呢？

我跟妳說過，我在某個年紀之後開始讀特殊班級，只和特聰明的人在一起，並一直以為世界上的學生都是這樣子，從未見過「怎麼學都學不會」的人。

同樣道理，私立學校是「付得起一年五萬美元以上學費的家庭」群聚之地，換句話說，美國私立學校校園裡根本沒有窮人，統統是富裕階級，差別只是大大富貴和小小富貴而已，是一個超級、超級、超級過濾後的小社會。我擔心太早讓孩子進入這樣的地方，沒看過必須為家庭狀況煩心，或者必須從辛苦環境中掙脫、翻身的孩子，對於成長中的妳會是很大的缺憾。

對社會的真實樣貌有所見識，是好事。長大以後才不會說出無知又可笑的話，才懂得欣賞那些能夠從辛苦環境中脫出的人，理解他們的能耐，進而懂得畏懼堅強意志所產生的力量。

如是之故，國小階段我們不考慮私校，直接念家裡旁邊的公立小學。但我仍偶爾膽戰心驚，尤其以前住芝加哥時，曾有父母雙雙失業、房子四周堆滿垃圾的孩子約妳去他們家玩。基於壞人真的很多，看到他們家的房子周圍雜亂無章的舊物、幾乎半毀的汽車，我確實不放心讓妳去，這是媽媽無法抑止的保護心態。

現在妳快上中學了，知識層面的需求上升，我和爸爸因而開始考慮聘請老師，教妳一些家裡無法提供的技能。綜合以上，便是我們正式考慮私校的起點。

因為平常不太參加人很多的聚會，我不像其他華人媽媽在這方面資訊豐富，我懂得少，最近只好開始多問，也開始發現很多文化背景差異延伸出來的有趣現象。

例如我們社區來自中國的媽媽大多是留學生出身，當年成績都非常好，談話重點往往簡單扼要，例如「某個孩子去了A學校，後來申請上了X大學」，句型幾乎都是如此。某個私立中學，成功取得了「某個大學許可」的結果。簡單易懂的因為所以，東亞家長可以理解的重點摘要。接著她們會評論戰果，「這大學我覺得還可以」或「花這麼多錢，最後考成這個樣子」，以最終錄取結果為該所學校的辦學品質打分數。必須說，這的確是我成長過程中常見的邏輯。

對比於我倆後來參加私校入學座談會的見聞，顯得特別有意思。座談會當天與會者背景多元，呈現美國社會的縮影，除了許多美國當地的家庭和剛從歐陸移民來的家庭，也有亞裔家庭。對來自歐陸的父母來說，他們固然在乎成績，但提問焦點更著重於校園安全的討論，學校對美術、音樂、體育和課後社團活動能提供多少資源。

聽見討論時我頓悟了，這是「生存必需條件的彙整」。生長在歐美的父母，由於大環境複雜，安全疑慮相當具體，自然在乎校園安全和社交環境，必定會仔細考量校園安全網絡的完整性。又因為歐陸教育體系對於學生的評鑑方式不僅僅是數理考試成績，也同樣要求藝術與人文鑑賞能力，他們自然認為相關素養是長成優秀大人之所必須。在為下一代謀求更好的教育品質時，這些都是他們在乎的範疇。

這讓我想起舊時看過的一本關於台灣先總統李登輝先生的書。書中描述在他成長的時代，台灣正處於日治時期，當時的教育體制在台灣文化和日式思維的雙重背景影響之下，和後來台灣的教育環境很不一樣。以高等教育而言，分成廣泛學習文學、史學、哲學的「高等學校」和專門研修以「實用為主」專業技能，如電工、化工等的「專門學校」。兩種學校畢業後都能繼續升學，接續就讀大學工學院。有趣的是，當兩種體系的畢業生在大學工學院裡變成同班同學時，專門學校畢業生時常感覺自己矮人一截，因為他們「專攻實用」，從未研讀過文史哲學科，不懂古往今來思想家的見解，說起話來不具備高等學校畢業生的優雅談吐，當然也就不被視為未來社會領導人的備位人選。

讀到這個段落時我突然領悟，這種想法在和我同一輩的人裡已經消失了。大家只曾覺得讀那些不切實際、沒用、不會考，不算學問，付出努力研習只是浪費時間而已。

這也解釋了為什麼在成績單數字普遍皆優異的留學生族群之間，你會感覺有些人氣質很好，學問也很好，有些人的談吐則缺乏厚度，明顯有種說不出的淺碟感。上述提及的論點，我想應該就是原因吧。

我個人覺得在學習的世界裡不需要那麼功利主義，可以「賠本」，可以「浪費時間」，可以多學一些感興趣但沒用途的東西。我非常能夠接受，甚至可說推崇，所謂「軟實力」的培養。

人類是具備軟實力的。軟實力是真正存在的技能項目，雖然我們看不見它，雖然它不見得能夠顯示在成績單上。

什麼是「軟實力」呢？

以我和爸爸的過往舉例。我在學生時期很擅長考試，作業和報告大多做得很好，因此期末成績單往往理所當然拿到了好成績。這沒問題，這算是硬實力、真實力，是對學校功課直球對決並獲勝的結果。對比爸爸的狀況，他經常考砸期中考試，做作業經常這個不會那個不會的。即便如此，爸爸依然想和媽媽這種優等生好寶寶平起平坐，也想要好成績，他怎麼操作這件事呢？

他想著，只要是人都有感情因素，都想鼓勵年幼學子向上，也想受到學生的肯定，所以他每堂上課不分晴雨都坐在教室最前面，和授課講師混個臉熟，又因為他臉很大，沒事也點頭如搗蒜，識別度高，久而久之在百人大講堂中脫穎而出，成為老師心頭的勤奮好孩子。課堂之外，因為他作業寫得不怎麼好，每次只要有助教時間他一定報到，去到現場除了從助教那獲得正確答案之外，還努力和助教培養感情，之後每逢考試，以工學院試題來說，就算最後沒做出正確答案，助教只要看到是他，便自動給了他滿滿的部分給分（partial credit）。一系列努力的結果，最終使得爸爸和優等生媽媽平起平坐。

像這種在人類社會中穿梭自如的能力，綜合起來就是經典軟實力的呈現。

軟實力包含：品德、社交能力、團隊合作的能力、領導能力、創意、情緒控管、溝通能力、談判能力、組織能力、面對衝突的能力、應付環境變化的能力、做決定的能力、傾聽的能力等等。這些能力在我們踏出校園後、成績單化為廢紙之際，開始成為主導我們生命歷程的主要力量。軟實力可以培養，方法不外乎多元文化多方涉獵，多接觸、多感覺，還有「努力生活」。生活即是最好的導師。

我和爸爸可以為妳做的，無非把「多方涉獵」四字具體化，讓妳參與更豐富的活動，增加學習的廣度，多多接觸人文與藝術。如果我們最終選擇送妳去念私立學校，就是希望能多給妳這些。

如果成績可以進步的話，那當然好。我們肯定希望妳在成績方面更精進。成績之外，我那一天才對爸爸說：「以存活率的角度看，資優班的孩子和普通班的孩子，誰更需要培養堅實的軟實力呢？」

妳是我們最寶貝的女兒，無論妳成績好或不好，對我們來說都一樣，絲毫不影響我們的教育決策，我們無論如何都希望能充實妳的軟實力，讓妳的能力帶妳去到更美好的地方。

今天就說到這裡。

愛妳的媽媽

門檻拆下以後

親愛的女兒，

昨天晚上我和爸爸看了一部 Netflix 紀錄片，影片記述一位新興歌手的成名之路。我們本來就很喜歡流行音樂，再加上歌手的家鄉是遙遠的蘇格蘭，對於生活在美國的我們來說非常新鮮有趣，我倆看得津津有味。

一個一日三餐，傍晚遛狗，周末洗衣服的超級普通人，要怎麼做才能從路人變成歌手呢？

根據每個時代，不同的地點，有不同的路徑。在我成長的年代，如果想成為歌手的話，很大機會必須參加歌唱比賽，經過重重甄選，然後才能出現在某個電視節目裡，進而被看見。或者，有心成為歌手的人，往往會事先預錄好某種試唱帶，再透過門路拜託特定認識的人幫妳把試唱帶送到音樂界有影響力的人手上，祈禱在那陽光、空氣和溼度都恰到好處的日子裡，那位重要人士能夠趁著好心情把試唱帶拿出來聽。如果你的音樂剛好是他喜歡的類型，那麼就有可能通過個人審核，獲得入行的機會。

有力人士的評審，是素人變身專業歌手必經的考核之路。

時間快轉來到今天，這類上升渠道仍然存在。以目前橫掃全世界的韓流來說，韓國流行音樂的產業已然成熟，做法更專業，分工更細，製作更精緻。他們會定期在各地舉辦甄選，讓全世界有志加入音樂產業的人才有機會展現自己的能力，廣泛徵才並找到厲害的人之後，便把人帶回韓國，簽一紙長期合約，令其加入一個類似古代日本藝妓的體制，接受嚴密的技藝訓練，給予多年細心培養和考核，學成後，由公司組織計畫歌手的職業生涯，以求達到最大的成功。

在這種特別的產業運作方式之下，完成型歌手的個人色彩很明顯會大幅降低，難以展現原始獨特性；再加上培訓過程層層關卡，歌手志願生有很大機會在尚未接觸群眾之前就被淘汰。歌手的能力好不好、受不受歡迎，完全取決於經紀公司的判決。但公司的看法和大眾的看法一定一致嗎？誰也無法肯定吧。

如今，世界變了。自媒體時代來臨，拆下了從唱片公司到大眾市場的路程上必經的重重關卡，所有把人才過濾掉的「有關當局」考試，或許都將不復存在。人們首次可以靠自己的能力，直接走進「大眾市場」這座真正的考場。

以昨晚我和爸爸看的紀錄片裡的歌手當例子好了。

他是個蘇格蘭小鎮的酒吧歌手，平時在家寫歌，夜晚有工作機會時就把自己寫的歌拿去鎮上表演給現場的觀眾聽，有時候觀眾喜歡，會拍手鼓勵，更多時候觀眾沒有感覺，大家各自喝酒聊天，把他當空氣。這就是他在小鎮的職業生涯，一首歌接著一首歌，一個夜晚延續著另一個夜晚。

照理說，像這樣身世平凡、貌不驚人的人很難通過唱片製作公司的考核成為專業歌手，他確實也沒有選擇這條路徑。他只是單純地把自己在家寫好的歌錄製成曲子，放上音源網站，接著就開始有來自世界各地的聽眾造訪，同時也被音樂界專業人士發掘，下一個重大突破來自放在音樂串流網站的單曲大受歡迎，就這樣成了一夜竄紅的小鎮巨星。

花了一生的時間熱愛音樂、學習音樂，花了零天零時零秒的時間當唱片公司的練習生。從自家臥室直線走到聽眾跟前唱歌，並被喜歡，在現在這時代是真的有可能的，這類例子未來也將持續發生。

類似的「拆下門檻」情節，每分每秒都在上演，簡直可以說，這就是妳身處時代的基本運作法則。優秀的作者再也不用經過出版社打勾，每天都能用簡潔便利的方式書寫、分享給自己的讀者；優秀的程式設計師再也不用考專業機構核可的證照以驗明正身，只要在家花時間寫出真正好用的軟體並放到網上就能賺錢；有專業能力的教師無須教師證，只要在網上教學即可，同樣能擁有豐厚的收入。種種跳過「有關當局考試」，直接捲起袖子工作的現象，每天都發生在我們身邊。在未來的世界裡，各行各業如此有效率的運轉方式終將消滅無謂的行政考核。

這告訴我們什麼呢？

它告訴我們「實力」的重要性。

真正把手上這件事做好的能力，而非「通過考核的能力」，兩者是有差別的。

我舉我自己的例子來說明。

我大學念機械系，這門主修是大學聯考分發制度的產物，並非我個人興趣所在。我的數學和物理都學得不錯，也很擅長考試，知道自己該讀哪些重點才能在每一回期中考拿到高分，進而在系上名列前茅。但是，我是個對自我非常誠實的人，每次看到系上男生興奮地討論汽車的輪圈或某某機械手臂的性能有了驚人的進步，我比誰都清楚，不管考幾分，我都不可能達到那些男生在這個領域的專業程度，我既沒有熱情，也沒有毅力，閒暇時間完全沒有增進這門專業能力的欲望。我的熱情與毅力完全針對考試成績而來，確實也充分反映在成績單上，但是，把成績單拿掉之後我到底還會些什麼呢？相對地，系上那些把練習考古題的時間拿來研讀機械雜誌的血性男生們，在拋去期中考的束縛後，踏進職場，憑藉著他們的天賦資質和專業興趣，個個都將是最優秀的研發人員，絕對比我厲害很多。

為了達到未來世界的要求，出了學校之後的我們，統統必須具備真正把事情做好的專業能力。「應試能力不算數」是我想提醒妳的重點。

考前猜題的人生有其極限，這極限愈來愈短了，所以我們都不要取巧，年紀還小時認真上學，好好學會基礎學科的精髓；年紀稍微大了，努力找尋自己的興趣，同時培養不止息的好奇心，持續不停接觸新事物，永遠學習新東西。如此一來，才能很好地在新世界裡生活下去。

祝福我的寶貝在未來的世界如魚得水。

愛妳的媽咪

才華之路

親愛的女兒，

一起相處那麼久，我想妳已經知道媽咪我是個奇怪的人。當所有人都喜歡親切和藹、像陽光般的朋友時，我最最喜歡、最最欣賞的，是那種超有才華的人。

我不是總說嗎？「我最喜歡被天才汙辱了。」

有特殊才華的人，特別是在創意思維方面，往往性格敏感、難相處，有大家難以理解的古怪偏執。我想這似乎相當合理，我們希望一個人的生活能力和社交性格跟普羅大眾一樣，有相同的嗜好和品味，講同樣的笑話，享受出入一樣的地方，看事情有差不多的視角，遇事得到差不多的結論，但是在創作領域卻期待他們交出與眾不同的表現，這可能嗎？當然不可能。

一名活躍的創作歌手之所以能夠源源不絕地寫歌，是因為在他的宇宙裡，他生活得很用力，所有不經意的點滴小事都能帶給他莫大的感受。走同樣一條街，他能走出巨大的悲傷與狂喜；同樣分手了，我們平凡人只懂得在家哭哭啼啼、吃冰淇淋，天才歌手卻能把當下失落、悲傷、懊悔這類無形的感覺寫成一首又一首歌曲，從身上如影隨形的隱形迷霧中轉化出有形的音符，讓全世界藉由音樂重新感受生命帶來的滋味。

這種無中生有的能力，常人沒有。

而承載無中生有能力的人，就是有才華的人。

上天給他們才華、給他們創造力、給他們超群感受力的同時，他們必得承受巨大的孤獨。他們往往無法理解為什麼其他人感覺不到他們的感覺，沒有那些悲歡離合、起起伏伏，他們不了解為什麼周五夜晚大家能滿足於熱披薩和冰啤酒；為什麼身為才華之人要的那麼多，身為世界上其他人的我們要的那麼少？

所以天才都是孤獨的。如果一個人走著特別厲害的路，路上很難有別人。

妳知道的，媽咪我是個幾乎沒有圖像記憶的人，無法清晰回想我們家大門的模樣，也描繪不出自己的長相。只要是圖案，在我的腦海裡都是模模糊糊的，很難記住。即便如此，我仍然記得很久以前、年紀還小時在時尚雜誌上看的，設計師約翰．加利亞諾（John Galliano）為高級品牌設計的一系列主題為「花」的服飾。那系列作品最讓我深感驚訝是花卉種類的辨識度。那套裙裝從伸展台末端走出來，我馬上知道是哪一種花的變形，在哪間花店看過。這些花的模樣和品種都是非常常見、平凡無奇的，「花」固然很美，隨時隨地都美，如果是像我一樣的凡人，見著了此種隨處可見的美，大概起不了什麼反應，內心也掀不起任何波瀾；但這種平凡無奇的美麗在天才設計師眼中卻產生深刻的感受，能被震顫而後創造出更驚人的作品，讓遠在天邊某小島上的女孩為之傾倒，十餘年後仍然寫文章讚頌他的天才橫溢。

可是女兒妳知道嗎？世人是貪心的，享受天才才華的同時，我們索取得更多更多，永遠不夠，導致這些才華之人必須一再努力、一再給予世界更多的自己。這是巨大無比的壓力，終至壓垮了許多有才之人，酒精、藥物、情緒問題是許多天才最後的終點，這是天才的宿命嗎？或許吧。

天才少，凡人多，然而天才們有的問題，等比例縮小，也經常出現在凡人身上。如果我們從事創意工作的話，這些狀況更是常見。

創意工作是什麼？日復一日做創意工作又是什麼感覺呢？

所有「無中生有」的工作，都算是創意工作吧。寫出一首好歌，創意工作；寫出一本好書，創意工作；設計出一個美麗的使用者介面，創意工作。創意工作的本質沒有「日常維護」這個環節，因此不太需要「日常清掃」的辛苦勞力，使得「勤奮」很多時候不一定是必要條件，「天分」才是。

以我自己的寫作經驗來說，有些突如其來的時刻，毫無預警地，腦海便突然對某件事情或某個感覺有了想法，此時著手寫作一瀉千里，完全不費工夫，寫得又快又好，觸動人心，也觸動自己的心。但更多時候，靈感它不來，怎麼用力它就是不來，那便是痛苦深淵了。

當下我真的感覺，莫名出現在腦海裡的想法，那是上帝的聲音。我一個沒有宗教信仰之人會覺得，如果今天一個人能寫作，腦海裡會沒來由出現聲響，知道在這個地點、此時此刻自己可以寫作，那完全是上天的恩惠。我真心這麼覺得，因為一切太沒道理了，有些人行，有些人不行；昨天行，今天不行，沒有原因、沒有理由、毫無觸動點，這不是上天的意願是什麼呢？

同樣道理，在其他創作領域努力著的藝術家、創作者們，我想感受都是相同的吧。

既然上天能給你，也可以不給你。某天開始，上天的聲音不再響起，創作枯竭，藝術家同樣無能為力。若我們回顧歷史，隨處能見著這類痕跡。

這就是創作者的難處。永遠伴隨創作生涯的悲歡與離合。

像妳，熱愛藝術，喜歡創作勝過其他領域，那麼很有可能，妳也會經歷所有創作者都經歷過的高低起落。妳將親嘗創作高峰的志得意滿，也將經歷上帝之聲不再響起的地獄低谷；妳會品味競爭的痛快與酸楚；妳可能可以感覺自身才華的無可限量，也可能某天被遠方的天才不費吹灰之力超越，以上這些，都是身為創作者無可避免的旅程。

好像辛苦，卻也暢快。

如果妳覺得一切太難了，不想經歷這些，那麼或許妳就不是適合創作之路的人。欲走上璀璨的才華之路，總有它的代價。

以上和妳分享。

愛妳的媽媽

天賦不是拿來揮霍的

親愛的女兒，

有些事情小時候看見覺得理所當然，自然而然便接受了該情況或想法。隨著時間飛逝，長大之後的某一天，在某個時刻觸及了那個特定的回憶片段才發現，其中有些東西好像不大對勁。

我想說的是家庭生活裡，無形中向孩子傳遞的訊息。

媽咪我來自一個大家庭。我的爺爺生了十個小孩，這十個小孩分別結婚生子，各自生了兩個或三個小孩，加總起來形成一個龐大的家族聚落。逢年過節或是爺爺過生日時，親戚們會舉行聚會一同慶祝，氣氛總是非常熱絡，大家難得相聚，聊天、回憶當年發生的趣事，都讓活動更加有趣。

現在回想起來，不知道是不是因為我長得和我父親很像的緣故，長輩們只要見到我，總是忍不住講起我父親的童年往事。當年的他，是個十足的調皮鬼。

我父親年少時不是什麼好學生，是那種上課不專心，鎮日想著翹課玩耍的類型，讓我的奶奶很是頭痛。奶奶實在無法規範他，又擔心他會學壞，便把他交給了年紀最長的伯父，讓他離開從小生長的城市，遠離狐群狗黨，希望他能專心向學。

才離開新竹老家沒多久，我父親的成績便得到顯著的改善，兩三下便考上了新竹中學，說輕輕鬆鬆、不費吹灰之力也不為過。既然考上了，只好再度搬回家裡，回歸父母的羽翼，也回歸他原本的朋友群。

每每長輩和我說起我父親的往事，打趣說笑之餘，往往流露出一股不言而喻的欽佩、羨慕之情，箇中意思無非是說，這個人實在太聰明了，他只是不學而已，倘若好好認真起來，說起念書，那真是無人可比的天縱英才。

其實我也覺得我父親很聰明，他天生資賦優異，言談間可輕易察覺清晰的邏輯。

時常聽見大人們說起的還有我的小堂哥。

他是我所有堂哥裡面年紀最輕的，年齡與我相近，因此我從小到大最常聽到關於他的事情。

小堂哥的成績非常好，求學階段輕而易舉名列前茅，長得又非常好看，身材高䠷挺拔，皮膚白皙，鼻樑高挺，以現在的標準來說就是韓團等級，簡直是沒得挑剔的存在。我從小就覺得他是個特別的人，是無論以哪個年代的標準衡量都能全方位拿到高分的男子。

我念國小時正值小堂哥的叛逆年紀。他剛上國中，默默從朋友那學會了抽菸、蹺課和其他不良少年會做的事。當時我的大伯父是中學校長，小堂哥寄宿在他家，去大伯父管理的學校上學。每天早上，大伯父校長依照學校規範的上學時間前往學校上班，小堂哥學生則賴在校長家的房間裡睡大覺，過著每天遲到、菸味從房門底下蔓延到客廳的日子。

小堂哥一邊做著傳統標準底下的壞學生，一邊繼續名列前茅。無論其他乖乖牌學生再怎麼熬夜努力，在考試的競技場上也贏不了他，而他付出的努力，僅僅是當個遲到早退、態度不佳的不良少年。

如此得來全不費工夫的好成績為小堂哥的勝利增添了許多浪漫成分。大家都想當像他這樣「天生」的贏家，覺得天賜的才華最珍貴、最了不起，其他人即便在努力過後取得了和小堂哥一樣的成績也不過是庸才。腦袋不好嘛，除了努力還有別的選擇嗎？就算再努力好了，能達到的程度絕對有限，絕對不可能贏過天生的好腦袋。

這類言論，或許直接，或許隱晦，我真的聽過非常多。

如是之故，小時候的我，也很想當「天生聰明的人」，相當忌諱別人說我是靠努力才取得學業成就。每當我嘗試了某種困難的學習，試圖挑戰自我而失敗後，我也無法對自己說「我盡力了，我打過美好的一仗」。在我當時的字典裡，努力過後的敗仗是可恥的，代表自己沒有獲得上天的庇佑，能力或智商不足就算了，即便努力了也達不到，簡直是太差勁了。

我成長於不鼓勵努力的環境，同時默默地把「努力」和「笨蛋」畫上等號，幾乎有點羞恥的意味在。

我想妳應該覺得非常不可思議，因為在我和爸爸成立的小家庭裡，「努力」和「盡全力而後不後悔」是我們的治家格言。

我們家的家庭價值觀源頭當然來自我和爸爸兩個人的成長經歷。我們在父母教導我們的觀念中，思考哪些我們認同、哪些不認同，去蕪存菁，留下那些在人生路上曾經幫助我們進步、往前走的思考方式和人生哲學，再轉頭教給下一代，也就是妳和弟弟。

我認為無論上帝賜予我們多少天賦資質，那些能力都不是拿來揮霍的，不能因為自己可能有一些立足點的優勢就肆無忌憚地耗費它。無論上帝給了我們什麼，都只是一個小小的起點而已，沒什麼了不起，起點再高，你不往前走，永遠只能站在起點。毫無疑問，你將目睹重重美好的人生在眼前閃逝而過，屆時你多麼痛惜自己逝去的天賦能力都太遲了。

沒有任何天賦能力能夠與良好的生活態度相比。

活得愈久你愈會發現，堅強勇敢、核心價值健康的靈魂才會獲得最終的幸福。所有美麗的人生都是積極進取、努力珍惜而後得到的。我真的如此相信著。

順道一提，我一點都不相信「天才感」帶來的浪漫。基於我讀過這地球最好的學校之一，見過國小生年紀的孩子坐在我身旁寫大學生的作業，也見過諾貝爾獎得主本人，我可以合理地說，天才我見多了。真正的天才大多也用功的。天才因為聰明，明白什麼是好東西，大部分求知若渴，想學會更多。反之，社會上那些狀似不費吹灰之力就能拿高分的學生，僅僅是小聰明而已；如果不滋養那些小聰明，那些小聰明很快便會消失不見。

與此同時，以浪漫的角度來看，我個人認為，沒有什麼比背水一戰更帥的事情了。我真心的。

或許我沒有超級多的資源，或許我沒有廣大的擁護者、超高的智商、超挺的鼻樑，但我仍然不放棄，選擇正面對決，是贏是輸，我都帥氣地經歷過。

燃燒自己，一決勝負。

妳說，這樣的態度，能不帥嗎？

燃燒自我的努力，永不放棄的態度，盡了全力之後坦率的放手……才是最帥的。

帥氣的路，是哭著也要走完的那種，才是真正的帥。

以上和妳分享我的看法。

愛妳的媽媽

怎麼知道長大當什麼好呢？

親愛的女兒，

想知道長大當什麼好，我感覺挺困難的。

首先，人的喜好隨著年齡變動很大。好比我們每個人國小時期都暗戀過又高又帥的田徑隊長，畢業後當了一陣子青少年再回頭看，發現隊長還是維持畢業典禮當天的身高，驚嚇之餘也學到人生第一個教訓：一個人挺拔與否，是人與人之間相對位置的問題。

妳個頭一百三十公分時，覺得一百五十公分的男生很高，過幾年妳長到了一百七十公分，轉頭一看發現那男生怎麼搞的還是一百五，就不可能覺得他挺拔了對吧。接下來妳移情別戀、轉而幻想一百九十公分的玄彬，那也是身不由己的決定。

同樣道理，對於某個領域的喜好也可能隨著年齡改變。我這裡是說很可能，並非絕對會。

舉例來說，小學二年級時妳可能高度沉迷紙黏土，一心成為世紀紙黏土大師，紙黏土界的村上隆。這個志向雖有難度，但就連村上隆本人也很難肯定地告訴妳會幻滅。隨著年齡增長，妳的見識可能比國小低年級時期寬廣許多，妳或許接觸了紙黏土以外的雕塑媒材，可能喜歡上多元質地和豐富色彩，愛上了多媒材雕塑，或者可能進一步延伸，想把妳雕塑的成品化成角色，再加上故事，佐以攝影技巧，讓成品變成了電影。如果更努力，充分加入自媒體時代的特色，可以放上 YouTube，變成自媒體節目獨立製作人。假如再往前推進，妳甚至能把這份經驗向外拓展，分享給其他藝術家，成為一個輔助人的角色，屆時又多了一個藝術經紀人的身分。

隨著經驗拓展、能力增長，人的看法會不同，選擇會增加，所以事實上呢，我們很可能根本無法在最初的開端知道自己長大以後想做什麼、以何為業。無論喜好或能力都是流動的，都隨著時間不停地改變，任何形式的及早定義，為自己設想一個畫地自限的位置，很可能都不具備太大的意義。

那麼「關於我絕對不想當什麼」，我又有什麼看法呢？

當然，每個人不分年齡都有很討厭的事情。我小時候最討厭的食物是茄子，軟軟糊糊，有時候還很辣，超討人厭；我還討厭書法，主因是每次書法課結束後，所有小朋友一窩蜂擠到走廊洗手台洗毛筆，非常擁擠不說，班上總有男生拿著毛筆甩呀甩，把烏黑的墨汁甩上我潔白的上衣，醜陋的污漬造成我莫大的痛苦，當然，也因為我的毛筆字寫得非常醜，無以復加的醜；我還討厭運動，討厭體育課。台灣天氣炎熱，凡流過汗珠，必留下痕跡。每次運動過後我都覺得自己是隻臭豬，如果體育課又在上午，基本上代表得以髒兮兮之姿度過一整天，我討厭這種狼狽感，也討厭運動過後的勞累，所以打心底討厭體育。

長大後這一切改變了嗎？

長大之後的某一天我突然發覺，由於長期向茄子說不的結果，我已經忘了茄子的味道。當下決定再度挑戰看看！嘗試過後我發現居然相當美味。事情的真相是，外婆煮的茄子才是難吃的茄子，案件真兇是外婆，茄子只是案件受害者而已。世人煮的茄子軟中帶韌，嘗起來味道好，口感也很不錯。還有，我後來發現真正難吃的其實是秋葵。

至於書法，長大後的我其實一直想回頭學習這門技藝。現在的我非常能體會書法之美，熱愛中文字蘊含的藝術性，尤其在美國生活久了，美國使用的英文字母是拼音字母，單一字母不具任何字面上的意義，當然也沒有形狀上的美麗，看起呆呆笨笨，毫無藝術感。中文字則不同，每個字都有各自的神韻，背後蘊藏的意義更依據時間地點而變化，極具深度，而書法就是文字呈現出模樣，變化多端，優雅迷人。若有機會，我真的很想回去上書法課，學習文字的藝術性，並享受上課時那種安靜到近乎禪修的過程。尤其這一回再也沒有小男生甩筆、揮墨汁如此討厭的事情，我可以學習藝術，同時保持乾淨漂亮的上衣。

關於體育課，現在的我雖然仍舊不太喜歡運動，但能夠依照自由意志從眾多運動項目中挑選自己喜歡的。如果討厭炎熱，選擇室內運動即可。我可以穿著時髦舒服的瑜珈服，在明亮寬敞的瑜珈教室裡和美女同學一起上課。如此情境，就算是辛苦的運動好了，一點也不令人難受。

也就是說長大以後，有很大的機會，身為大人的我們將更有自主性，能在某個項目中擁有更細部的自主選擇，能夠在大框架下去蕪存菁，一旦討厭的部分被排出，很可能討厭的事情也變得不討厭了。

等等，「喜歡的東西不一定會永遠喜歡」和「討厭的東西不一定會永遠討厭」，那不就變得更迷惘了嗎？本來還能直線朝著自己喜歡的興趣奮力往前，用力排除討厭的東西，這簡單的準則原本很容易執行，現在我們推翻了它，又該何去何從呢？

我想在找尋志願的過程中，從自己感興趣的領域出發還是有其必要性，畢竟總要有個起點嘛。由自己喜歡或擅長的事情著手進行，這樣從出發點開始就比較有朝氣。比較神采奕奕的啟航，把事情做成功的機率也高些。接下來，承接前述論點，我認為把喜歡做的事情放一邊，不喜歡做的事情放在另外一邊，兩個區域之間的界線從今以後不再是「實線」，而是清清楚楚的「虛線」，兩邊的元素可以移動，也可以交流。我甚至會建議妳把那條虛線想像成某種「可穿透的薄膜」，當喜歡的元素太多，以至於無法專注學習特定項目時，便想像成那個區塊的區域壓力過高，自然而然往區域壓力小的另一邊流淌，讓喜歡的元素減少，便能重新集中精神，不失焦；相對地，如果不喜歡的東西太多了，什麼都不喜歡，什麼都沒興趣，這一區塊的壓力過高，我們就來調整，提醒自己這邊還有很多有趣的事物值得探討，讓壓力滲透舒緩，重新喜歡上陌生的領域。

尋找興趣和志向的過程中，我認為保持思想彈性和心胸開放很重要。如果一直不停嘗新，就會不停有新資訊餵進來，也就隨時隨地對自己有新的判定，宛如行駛在汪洋中的船永遠微幅調整航道，只要持續去做，不放棄努力，必定能夠走上正確的道路。

所以，怎麼知道長大要當什麼好呢？

我們不要等長大，從現在開始就往自己有興趣的領域一直「當這個，當那個」，等長大那一天來臨，自然而然會有滿意的答案。

萬事通媽媽

社會

如何對待別人

親愛的女兒，

當年我和爸爸在台北市一間華麗的五星級飯店舉辦婚宴，來了很多賓客，除了家族親戚還有朋友。當天我發現有朋友穿得非常、非常休閒，約莫是球褲和拖鞋的程度，可說相當放鬆。

照理來說，我並不介意來參加的朋友穿什麼，開開心心地來和我們分享這隆重的時刻應該已經足夠，但是朋友那身造型確實在我腦海裡留下深刻印象，因為實在非常……突出？由於與眾不同，著實難忘。

如果在另一個相似的場合做出了不同的服儀選擇，例如穿上衣櫃裡那件最漂亮的禮服，戴上昂貴的名錶，灑上迷人的香水，那代表了什麼呢？只意味戴上名錶的那一場宴會值得更多的注意和更大的心思，爸爸和我的婚宴或許就沒那麼值得。

我讀得懂這些人與人之間潛在的訊息，並因為我從來就是靈魂成熟的人，與其說受傷或難過，更真切地形容的話，我的感受更多是理解與反思。其實我超級明白何以如此，完全可以想像也不驚訝，簡直能用波瀾不驚來形容，但我會在心裡想著「如果是我，會怎麼做」？

行為是選擇啊。我早上起床時便能決定自己今天要有怎樣的呈現，要和世界溫柔相處或者堅強的戰鬥；要為自己贏回一個盟友還是樹立一個敵人？我的一天要為自己長遠的人生做出加分行為或減分行為呢？

又或者今天我很懶惰，不加分，不扣分，其實也是很好的一天，對吧。如果我今天不想打扮，但又必須參與一個相對於日常生活比較隆重的場合，那麼我可以對準低標，穿件襯衫、一件式洋裝，即便上頭有皺褶也沒什麼大不了，我使出最低能量、最大亂度原則去尊重每位與會者，那便會有好的結果。

生活的歷程中，我們應該如何對待其他人呢？

基礎原則是希望別人如何對待我們，就用那樣的方式對待他人。

希望在生活裡受到尊重，希望別人以基礎禮貌和我們互動，那麼我們和別人相處時，就必須好好地讓別人感覺到我們對他的尊重與禮貌。

不要去做妳不想要別人對妳做的事。以校園生活而言，妳不會希望因為考試分數不高而被排擠於某些朋友圈之外，那妳就不要以分數排擠同學；妳不希望因為媽媽是個不開法拉利的書呆子而被同學訕笑媽媽不夠時髦，那麼我們也絕對不以同學的家世背景，甚至外型，去欺負人家；妳不希望朋友們在私下場合說妳的壞話，那麼我們就不要在別人看不到的地方，用惡劣的語氣訴說別人的不是。

雖然人無完人，但不完美的我們，至少能在自己有意識的時刻裡，盡可能堅持當個更好的自己。我再重複一次，行為是我們的選擇。

再來討論一下「行為表現選擇的基礎」吧。

意思是說，我們大部分時候都知道什麼是好行為、什麼是不好的行為，那我們怎麼決定今天要做其中哪一種呢？

上次回台灣時我叫了晚餐外賣，當天傍晚下著雨，我站在我們家電梯大樓一樓等。遠遠地見到一個人騎著摩托車駛來，我心想雨下得不小，得趕快出去拿才好。此時大樓警衛拉住我說：「不要出去淋雨，讓他拿過來就好。」

只見外送人員在雨中確認餐點、找尋正確的大樓地址，在我看得見的地方一陣忙碌後，才把餐點送到我手裡。我謝謝他，他謝謝我，轉身離開。

大樓警衛朝著我手裡的食物眨眨眼，說「不需要出去淋雨的」。意思是他是對的，在台灣生活，這樣就可以了。

在家的緣故，我真心認為淋個兩分鐘的雨根本不會怎麼樣，壓根沒放在心上。反之如果我出去了那兩分鐘，外送人員會容易不少，省下雨中的慌亂。重點是，那是我回台之旅首次感覺到……某種職業歧視？一個非常微小的動作實則透露了巨大的訊息。「讓他做就好」、「花錢的顧客不需要伸手」、「沒必要體貼服務人員」，警衛先生說的話，我耳朵裡真正聽見的，是這些。

可是明明，幫些小忙是可以做到的。只要我們丟棄成人社會裡的階級尊卑，以人與人的姿態相見，統統都做得到。

這也是為什麼我一向喜歡美國前總統歐巴馬先生。我不懂政治、對國際政策走向等等大多不關心，但以一個人類而言，我非常喜歡他。總是能在網路上看到他去白宮附近的漢堡店買東西吃，一路上和民眾打招呼、碰拳頭，和店員輕鬆聊天，返回白宮的路上遇見門口警衛，由於時常出入便記住了人家的長相和名字，他會問候、會握手，把對方當作一般人類相待。

千萬不要小看這類舉動，對於位居世界權力之巔的人來說，能這樣做是非常、非常困難的。人在爬升的過程中往往會忘記自己是誰，也就很容易忘記旁人是人，應該以禮相待。

談到這裡或許妳會說：「啊，我的媽媽中了公關影片的招數了！她無法看穿形象營造的本質。」可能妳說對了吧，我有很大機率接受了公關影片的置入行銷，但我認為運用這類影片企圖建立討喜的形象，這個行為本身就有把民眾放在心上。做出如此內容代表總統和團隊有這樣的意願去推廣一個良善的價值觀。總統想被百姓喜歡，想釋出「我的工作很忙，你們也很忙，美國人平等齊心辛勤工作」的形象，這是好事情。

看一個人如何對待比自己弱小的人，能夠知曉那個人真正的品德。

我們每個人都有自己喜歡和不喜歡的人，理所當然社會中肯定有比較值得仰慕和敬畏的人，還有不那麼值得仰慕和敬畏的人，這些人都存在。我們可以景仰一位物理學教授，可以由衷覺得教授做出高深的學術研究非常了不起，因為仰慕，所以忍不住想請教授吃鳳梨酥。相對的，對於打掃教室的阿姨可能就沒有仰慕之情，那也很合理。我們可以體察阿姨辛苦工作，在使用教室時盡量保持乾淨，謝謝阿姨給我們乾淨的學習空間，尊重以待。或許沒有請阿姨吃鳳梨酥的衝動，但我想那已是很好的相處了。

不可能以同樣炙熱的愛對待每個人，但我們對人，肯定要有同樣等級的尊重。

最後提醒一下，尊重的表現是什麼？怎樣叫做「尊重別人」呢？

我想是以誠實的心情和恰當的禮貌去維護人際的界線，重視人家的時間、空間和心情。以這些為前提去做人做事，那便能很好的對待別人了吧。

我們一起勉勵。

愛妳的媽媽

良好的行為準則

親愛的女兒，

在人類某些基礎活動上，確實有明確的「好的行為」和「壞的行為」。例如有人對妳說話時，以平靜溫和的態度回話，這就屬於好的行為；遇到一位認識的人，和對方好好打聲招呼，同樣屬於好的行為；別人送妳東西，妳表達感謝之意，這也是好的行為。以上種種，皆屬於非常基本，每天生活在地球上都會發生的雞毛小事，如果我們處理這類事情的同時，能夠以不加思索的反射模式做出良好的對應行為，不難想見生活會更順利、更簡單，日子也能過得更愉快些吧。

我想妳已經知道我要說什麼了，沒錯，就是昨天恐怖的晚餐聚會。

昨天我們受邀前往鄰居家作客。鄰居是一對溫和有禮的夫妻，男主人是工程師，女主人是國小教師，家裡有四歲和七歲兩個小男生，是郊區家庭常見的基本組成。

抵達時男主人在前院等候我們，我和妳與弟弟三個人先進了屋子，男主人抓著爸爸在車道上說話。現在回想起來，男主人有些焦慮，不停地對我們的到來表達謝意，好像我們來吃飯是多大的善意似的，他同時也和我們家爸爸簡介家裡兩位小男生的狀況，說一位過分害羞，另一位過分好動等，總之顯得有點焦慮。

當時我好傻好天真，未能讀懂空氣中的危險因子。踏進屋內時，他們家弟弟在睡午覺，他們家哥哥因為偶爾和妳與弟弟一同搭校車上學，有些熟識，再加上他們家有可愛的紅貴賓，你們和狗狗便順利玩在一起。此時主人夫婦把小兒子從午睡中搖醒，讓我隨之見識何謂「野獸的崛起」。

從眼睛睜開那一刻起，他就拚命尖叫，外加砸東西。

為了讓他停下來，爸媽一秒遞上了手機，接著給他食物。當小孩眼睛盯著手機的同時，爸爸放了一盤起士披薩在他面前，他突然尖叫著說才不吃披薩！瘋狂尖叫後，女主人飛快遞上一盤切好的塊狀起士，這才讓他滿意而安靜下來。

我覺得好像哪裡怪怪的，有點嚇人，卻又只是個四歲的孩子。

沒想到接下來兩個小時尖叫不斷，外加各種砸玩具、在客人面前瘋狂甩門，而父母完全毫無責罰，甚至連口頭制止都沒有。啊……我更正一下，他家爸爸曾經試圖用言語壓制孩子的行為，但因太過溫和微弱，我不確定自己聽了什麼，只見到一個充滿壓力的父親一臉無助和疲憊。唯有和我們聊到家裡的紅貴賓時，他展現了或許是他原有的風采，會開玩笑、會說故事，是個有意思的大人。

目睹這一切，我感覺到可惜、可怕，以及當父母的困難和迷惘。

我只是在想，每一次有任何一絲一毫不順意就得尖叫的話，生活該多累啊！大哭大鬧也不是什麼容易的事，如果一個人能選擇用說的就拿到塊狀起士，他到底為何選擇尖叫呢？用說的比較輕鬆不是嗎。

有沒有可能，這個小朋友並不知道其實用說的就可以了？

別以為我這個問題很荒謬。一點也不！

一個人類誕生在地球上，生長之初其實什麼都不會。妳大可把一個小寶寶想像成一隻什麼社會倫常都沒有的野獸，連最小、最小的事情該怎麼做，小寶寶都不知道。寶寶們是新來的，他們沒有理由知道。諸如垃圾必須丟進垃圾桶，人類應該每天洗澡，出門應該穿鞋子這類基本運作，對小寶寶而言都是全新的知識。必須用這樣的視角看待他們。

因此妳想，一個四歲的孩子，人生涉獵範圍極窄，絕大多數事情都不懂。如果在這短暫的四年中，未曾有一個比他年長的人坐下來好好告訴他，其實凡事可以用說的，而不是用尖叫、用暴力砸毀，那麼他就不知道啊，不是嗎？

這種「說」不是隨口講講而已，而是必須徹底讓這孩子聽進去、了解道理，說不定得一說再說、一再糾正，才能被他接受也不一定。

我們大人因為生活在地球已久，把很多事情的做法和社會的運行方式都視為理所當然，便忽略了把宇宙運行的道理介紹給小朋友知道的重要性，跳過了前輩教導後輩的重要步驟。爾後隨著時間快速飛逝，孩子年紀漸長，便認為他們理所當然應該知道，不知道的、做不到的，就是壞孩子。如此定義孩子想想也有點無辜不是？是非常可惜的結果。這段時光的某些瞬間，我們大人或許應該能夠做得好些；倘若做得好一些、更加油一些，便有可能得到多一些所謂的「好孩子」吧。

所以，當我要求妳和弟弟隨時隨地有禮貌、明辨是非，並不是因為我是一個多麼傳統或多麼在意社會眼光的大人，肯定也不是朝社會禮教低頭。我選擇規範你們兩個的行為，是因為這些行為和做法最「合理」。意即最大程度符合「良善」的定義。我們可不是因為體內奴性強才把「請、謝謝、對不起」等詞彙掛在嘴邊，而是因為致謝的人很善良，道歉的人也很善良，而我們想當善良的人，如此而已。

同時我也相信，如果爸爸和我合力在妳和弟弟的體內植入良好行為的反射動作，你倆生活起來將順利許多。負面情緒會自然而然減少，少憤怒、少糾結，吸收一些基本行為的準則，能夠照著這些準則行事，不啻為良好生活的指南針。

如果我們仔細觀察，其實很多大人某方面也是野獸小孩的變形。人長大之後，尖叫和砸玩具的頻率很大機會會自然降低，但不再尖叫不代表學會了如何處理自己的情緒，這些大人依然不懂得怎麼做，不知道原來其實溫和地、直接說出來就可以了。往往將童年的做法變形，情緒勒索、真的勒索，或是鬧著要跳樓之類，說穿了是只長年紀沒長智慧，毫無進步。這樣可惜的只是自己，日復一日很辛苦。

經過昨晚聚會，我在內心檢討了一番。不只是身為母親我到底做得如何，更有當天晚上面對這一切時我的反射反應。我看見男女主人眼中的焦慮，忍不住拚命表達沒有關係。但是，明明有關係啊，對不對？到底為什麼我一直講反話呢？我這樣表現對嗎？有沒有更軟硬適中的表達方式呢？

我想我應該適度表達對於男女主人的哀思，在他們道歉的時刻應該好好地、慎重地接受道歉。因為確實，我有權感覺到被冒犯也有權接受道歉。如果我能更妥當地表達「接受」這個象徵性動作，更好。更不卑不亢、更得體。我應該隨時注意不出現「可以被委屈」的姿態。

在所有「有關係」的時刻，不要習慣性跟對方說「沒關係」。即便是供給對方善意的逃生口時，也不要這麼做。

畢竟我在做，妳和弟弟看著呢。身為人母，為了當孩子行為之表率，我得更注意。

經過了那場可怕的晚宴，不得已，我得老派地說一句「良好的行為準則是美好人生的基石」。失去好品德，沒有了待人接物的基礎能力，還談什麼光明的前程？一切都是空談。

由於驚嚇過度，昨晚回家後我久久不能自己，晚上睡覺甚至做惡夢！我夢見有一隻鬼長的和我一模一樣，站在我面前冷笑。害怕之餘，我一邊唱「耶穌愛我」一邊狠揍那隻鬼的臉，也就是我自己的臉，直至把牠揍跑為止。

要知道我根本不是基督徒，代表我的潛意識認定那鬼是隻美國鬼呢，這是不是很害怕會被人家纏上的意思呀？

總之，說了那麼多，我以妳和弟弟的好表現為榮！我很幸運能當你們兩位好人的母親，感謝你們甚少折磨我，懇請繼續保持。

如果改天你們突然萌生想尖叫、砸東西、甩門在我臉上的衝動，千萬不要。我絕對暴行零容忍。在此把這條家庭律法再度重申一次。

期待你們在世上留下良好的足跡。

愛妳的媽媽

守護核心價值觀

親愛的女兒，

最近我愈來愈覺得自己是徹頭徹尾的亞洲人，在美國待愈久，反而愈回歸自己的核心價值觀。

以我們家住的社區來說，絕大部分移民家庭的學業成就都是頂級的。不是要說哪些人種比較聰明、能讀困難的學科，那是因果倒置，現況的形成主因是我們大部分都靠學業成就和知識能力飄洋過海，通過印度理工或高麗大學考試只是漫長旅程的一小步，得再接再厲勤懇不懈才能一路往前走，在美國這片沃土上得到安穩的生活，因此移民家庭大多勤勞、努力、用功讀書。

在我看來，以上都是寶貴的人生觀。

然而，妳也發現了，土生土長在這片土地的鄰居們，很明顯有著時尚 YouTuber 嘴裡形容的「鬆弛感」。他們在這裡就像新竹市之於我，本來就在。不需要在大考中擊敗誰，不需要學習第二語言，不需要適應，不需要乘風破浪，也不需要出類拔萃，只是簡單的出生在這裡就完成了。常常感覺得到他們對於勤懇努力的行為呈現某種「鼻孔噴氣式」看法，彷彿某種「你就是不行才要那麼努力」的變形表述，以及「我不費吹灰之力，所以高級漂亮」的隱性氛圍。

所以「我放學後運動完就不用做什麼」，比「放學後要用功讀書」來得高檔次？真的是這樣嗎？我肯定不這麼認為。

放學之後運動，會身體好。

放學之後用功，會頭腦好。

兩種都很重要，也都是放學之後很好的選擇，沒有「做這項比做那些來得更高級、更酷」，甚至，如果時間允許的話，我認為最好統統做。

我認為用功讀書、多學習，是腦袋的運動，長遠以後將開闊思維，更有機會長成聰慧的大人。身為愛讀書的台灣裔孩子絲毫不需要因為用功，因為自己的行為好像吻合了刻板印象而覺得丟臉。身為台灣媽媽，我也不用因為希望小朋友多用功而怕被人知道。不常用功讀書，真的沒有比較酷！

光是寫出這一句，我就覺得好荒謬。

我們社區巷底的籃框是克羅伊的爸媽買的。她的媽咪非常溫和善良，一直邀約社區的孩子們去打籃球。但是克羅伊昨天在籃框下面貼了一張紙條，要求大家在通過她個人審核之前，不准使用她的籃框。基於她已經口頭告知很多小朋友可以使用，那張可惡的禁用告示其實是貼給希亞看的。身為住在空地旁邊的印度女生，因為膚色，年僅二年級的希亞一直不被克羅伊接納。

我發現這現象其實已經很久了。我經常和克羅伊說話，她面對我時固然有禮貌，但同時也隱約感覺得到對於我這亞洲面孔大人的白人公主高高在上。我對妳充滿了保護欲，因而非常敏感，總能在妳尚未察覺之際便掃描出誰對妳好、誰對妳不好，克羅伊某種程度就引發了我對妳的保護之心。

克羅伊對妳和希亞的說話姿態非常以上對下，態度輕忽，也不誠懇，沒聊幾句就說：「妳們可以去甄選我的壘球隊」，彷彿沒參與課後球隊的女生就不夠資格當她朋友似的。

妳問我的話，我會說才不要依據她的規則走！她也可以參加妳畫室的選拔啊，我想她也不會被選上吧。又或者她也可以參加希亞的鋼琴選拔，肯定完全做不到。

克羅伊不具備制定交友規則的權力，妳和希亞能夠及早讓她清楚這一點，對大家都好。

然而，被明確拒絕的當下總是令人痛苦。全部的小孩，只有希亞不能使用籃框令我難過。希亞的媽媽在我面前把那張告示揉成紙球，塞進口袋。我想安慰希亞，想著該對她說些什麼才好，好希望妳那天也在現場，妳是個天生溫柔的女生，肯定比我懂得撫慰人心。

當下我沒對希亞說「妳不要難過」，也沒說「不要跟她一般計較」，反之我說「生氣吧，難過吧，妳有一切憤怒的權利」。

被欺負已經很委屈了，至少可以生氣吧。連生氣、憤恨的態度都不能有，都得吞忍，不就什麼都被奪走了嗎？我們一直以來守護的，又剩下些什麼呢？

未來的日子裡，類似情況絕對、百分之百會再次出現，種族相關也好、種族不相關也好，總會有惡劣的人再一次在門口貼紙條不准我們這些書呆子進入，嘲笑妳只會念書、不懂打扮，沒資格做什麼什麼。

外在欺侮和輕蔑持續發生時，維持自己的核心價值觀和自信真的好困難喔。我其實希望希亞不要輕易讓難過的感覺就這樣簡單流走，反而希望她深刻地感受它、思考它，讓這種傷心沉澱於靈魂深處，在心中結成厚繭，逐漸強壯起來。下一次與類似衝突面對面時就可以說「這種事情我見多了」，然後轉頭就走，繼續用功上進的人生。

昨天希亞媽媽跟我說他們祖上是戰士，身分印記刻劃在姓名裡。我覺得既英勇又浪漫，真的好棒。希望希亞繼承了來自祖先的血液，一生當個英勇的女戰士。

當然我的寶貝女兒也是，堅強勇敢，勇往直前。

愛妳的媽咪

不糾結，往前走

親愛的女兒，

人與人的相處，實在是一門重大的學問啊，尤其我在很多做人處事的環節上又是一個「較真」的人，時常和自己過不去。

所謂「較真」，是一個我從中國朋友那裡聽來的詞彙，用來形容一個人在不必要的地方太過認真、太當一回事，也有過分執著的意味。

一般來說，我是個大而化之的人，對絕大多數的事情都不注重細節，生氣也不長久，睡一覺起來就全忘了。但是我在某些特定方面確實非常「較真」，龜毛到不能自己。例如我重視效率，出門只要爸爸不走最短路徑就會生氣；例如我討厭事情不用聰明簡單的方式解決；例如我討厭囉嗦，不讓別人同樣的事情重複說；例如我重視責任感，外公放著該整理的投資案件不處理，隨便敷衍了事，我便開始忍不住「較真」起來，念念不忘，反覆糾纏。

人家大刺刺丟著不管的事情，我可以在心底糾結三五年，「為什麼不做？為什麼不做？」如此反覆逼問蒼天。不僅累人，對於事情進展也一點幫助都沒有，純粹自我消耗罷了。

我的人生總是一而再、再而三發生這種埋怨別人「為什麼不動手做」和「為什麼不做好」的狀況，我也逐漸意識到這種糾結產生的負面影響。一旦再次發生，我便打電話給精神導師——大學室友小明。小明阿姨是對人生有獨特洞見之人，會在關鍵時刻丟出各種鏗鏘有力的名句，針對此一議題，她給我的開示是「不要拿別人的問題折磨自己」。

「該做的事情視而不見，原地懶散任由身旁一地荒蕪，這是誰的問題？」

肯定是躺平一族的問題呀。

「那麼誰該自我責備？誰必須檢討改進呢？」

當然是躺平一族本人。

「所以，妳這不該難過的人是在難過什麼？生氣打臉都來不及了。」

沒錯，我有權利生氣，沒理由氣餒，更沒理由因為對方推卸責任的行為，呆站在原地動彈不得。我不應該拿別人的問題，折磨自己。

爬出情緒黑洞的我們，接下來具體該怎麼做才正向呢？

準則是「不卡關，越過障礙，開始動作」。

好比專題作業的組員老是不做功課，把進度完全丟給妳，妳好生氣，一直想著這個人怎麼可以這樣子。但事實是，無論再怎麼埋怨，妳的詛咒都無法改善眼前的狀況，妳的實際命題改變了，變成「在有豬隊友的情況下如何如期完成專題作業」。

首先，我覺得可以探測一下主事者的界線在哪裡。問問老師能否更換組員，甚至換到專題界大谷翔平的團隊裡。人生路上，有很大機會是只要妳嘗試了，便有可能更換妳所得到的基本條件，而條件一旦改善，事情做起來就容易許多。

就算老師不允許，妳也沒有任何損失，所以為何不問看看呢？畢竟和大谷翔平同隊才是贏球的最好方法妳說是吧。

如果真的沒辦法，根據我們「不卡關，越過障礙，開始動作」的行為準則，妳必須開始動作。作業繳交期限在即，最簡單的方法是考慮自己做。

當然啦，既然是團隊工作，自己一個人完成絕對不是理想狀態。但不可否認，有時候自己做比較快，成功率也比較高。如果是這樣的話，那我們肯定要聽艾莎的話「let it go」，控制自己的殺意，把目標放在交作業上。把本次功課結束掉，知識學會，分數拿到，接著轉身去做別的事情。對方不參與是對方的損失。

如果評估過後，對方的勞動力有存在的必要，那就變成了大人世界裡所謂的「團隊管理」，我們的任務便是讓對方參與。

說服技巧很多，可能是威脅法：「你不做事的話，我要跟老師報告並設法將你從成員名單中剔除」，或是利誘法：「我會帶壽司去實驗室，我們可以一邊做實驗一邊吃壽司」。很多時候甚至僅靠口才就能扳倒對方，讓他乖乖就範好好寫作業。

靠口才肯定是最高境界，也是至高無上、實用度兩萬的技能，非常值得趁機好好練習。我甚至覺得，這種「想辦法說服對方、把妳的意願放進對方腦袋裡」的練習，比任何作業專題都更值得做。下次遇到類似情況，請不要一開始就向師長告狀，務必抓緊機會練習談判和說服技巧，長遠來說，對妳的人生絕對有極大的助益。

實際生活裡，我們時常無法決定自己要和誰在同一個團隊，也無法規定隊友必須時時刻刻照我們的意思做事。不順心如意，十之八九。

另一方面，我們永遠要記得，不要讓這份不順心演變成巨大的情緒，進而讓情緒左右自己的行為。這點說來容易，做起來真的很困難。如果妳在這方面能夠盡量這麼做，那妳便為自己生出了一份巨大的力量。自我控制或說自我管理是很了不起的能力，能夠成就很厲害的未來喔。

我們相互提醒，一起進步。

愛妳的媽媽

沒有參加的英文比賽

親愛的女兒，

國中時我就讀學區內的大型公立國中，每個年級有二十五班，每班有四十多個孩子，學生人數眾多，努力用功的孩子也很多，學業競爭激烈。

當時我曾代表我們班參加英文演說比賽，和其他班的代表競爭，倘若拿到校內比賽首獎即可代表學校參加區域競賽。對當時只有國中的我來說，代表學校出賽是很大的榮耀，我非常渴望拿到這個資格。後來校內競賽結果出爐，我毫無懸念地拿下了校內第一。在我心中，我清楚明白自己是現場實力最堅強的選手，和拿下第二名的同學有著顯著的距離。這一點，所有與會者都知道。

沒過幾天，第一名的我被師長告知不用代表學校參加區域競賽了。

就這樣一句簡短的口頭遣散通知，沒有具體原因，也沒有正當理由，老師甚至連編個華麗的藉口都懶，直接跟我說「妳不用去了」。我繼續往前努力的機會就這樣沒了。

我非常失望，也感覺有一點點不公平。可神奇的是，年幼的我從未真正質疑過這份失去的合理性。我那時不過十來年的短暫人生從來沒有機會，也未曾被允許挑戰權威，一個提問都不曾有過，就這樣一直被動的活著。

某一天，我在學校走廊遇見了第二名和她那群「資優同學」，其中一個女同學當場大聲問老師為什麼代表學校出賽的不是我而是第二名？那個瞬間，老師的表情非常尷尬，現場除了發問的女孩，大家都很尷尬。對呀，究竟為什麼呢？為什麼我不能去呢？既然不能去，至少給我個答案吧。

當時可是九〇年代，長輩不負責提供晚輩答案。老師支支吾吾，含糊地過去了。

那天晚上，我躺在自家床上思考所有的可能。不過是個少女的我猜想，應該是因為第二名是資優班學生，而我是普通班學生吧。雖然我的英文明顯比較好，但可能有大人覺得資優班才足以代表學校也不一定。另外一種可能是，第二名實在太漂亮了！她有一張天使臉孔，氣質淡雅出眾，令人印象深刻。雖然我不知道這跟英文比賽有沒有關係，但我認為既然得登台，漂亮一點總是比較好的。

無論如何，在零申訴、完全沒有任何一個大人站出來幫我說話的情況下，這件事情就這樣落幕了，成為我難以忘懷的童年回憶之一。

這件相當發人省思的民事案件其實教會了我很多很多，值得我們討論的面向也實在太多，以下改用條列式重點和妳分享。

首先是「相信自己的能力」。

無論案發前後，身為中學生的我都未曾質疑過自己的能力，一直深切相信自己是那間公立國中裡英文最好的孩子，一分一秒都不曾動搖。

因為，我真的是啊。

世界上我不能確信的事情占了大多數，但這件事我客觀評估過，我確實有把握。然而，這份相信得來不易，我並不成長於備受鼓勵的環境，從家裡獲得的九成九是嚴厲的批評。在這樣的土壤中，我能夠相信自己、鼓勵自己，是非常可貴的事。我由衷希望無論是妳或弟弟都能和年幼的我一樣，挖掘自己能力所在，並堅持信念。

如果你們需要一二〇%的領先才能得到八〇%的自信，請務必付出異於常人的努力，盡全力得到妳需要的那一二〇%。

再者是「事情會發生在妳身上」。

這是我們是社會一份子的最佳證明。電影《教父》說了：「It's not personal, it's strictly business.」

第二名的家長並非對我有意見才想辦法從我手上拿走了資格，而是想讓自己的孩子出賽，如此而已，校內第一名是誰完全不影響他們這份欲望。「第一名是誰家的孩子」很可能才是正確的問句也說不定。

總歸一句，這無關個人，不是妳是誰的問題，而是社會就是長成這樣，妳手上有的東西，總會有某個別人也想要。我該說這一切非常正常嗎？了解這一點也是成長的開始。

「It's not personal, it's strictly business.」未來當事件發生在妳身上時，了解事情的本質，準備好自己。面對衝擊與其全身繃緊，很多時候倒不如自然地伸展肌肉，有意識地放鬆，其實能做得更好。當然，為自己發聲，捍衛自己的權益，那是肯定的。

再來是社會期望的位置。

更直白說明，是妳所在的位置是否符合社會期望。社會大眾非常現實，相對於歐美，亞洲的價值觀標準更是整齊劃一。如果你所在的位置符合大眾的標準，被大家認為值得尊敬，甚至畏懼，那麼不需要妳提醒，大家自然而然會對妳比較好，日子會過得比較順遂。相對地，如果妳置身弱勢，身上不具備威嚇性符號，生活中時常被欺負也就可以想見。

聽起來好像有點可惡，但無論妳我如何看待這社會現象，它都會一直持續下去，我該說「有人的地方就有江湖」嗎？如果不想受欺侮的話，就得把自己放在一個安全的地方。有時候事情就是這麼簡單而已。

接著是位子有限。

這件事情對美國人來說特別難理解，因為美國幅員遼闊、資源豐沛，二次大戰又是勝利方，老美早就忘了餓肚子的滋味。以國家來說，老美基本就是富三代，最愛說「天空沒有極限」，彷彿只要妳想要，保持樂觀、正向思考，就能擁有。我畢竟是個台灣人，讓我告訴妳，史丹佛大學錄取率不到四％，一百個人裡面只有三個半活人能進去，三個完整的人和一個累得半死的人。這才是現實好嗎？

天空或許沒有極限，人間可到處都有。

最後是運動家精神。

既然知道社會可能存在的各種不公平，接下來便是妳自己的選擇了。妳要從這則故事中帶走什麼呢？妳長大之後也要變成打電話擠走其他小朋友的大人嗎？或是自動自發勢利眼的大人呢？

認知到這種事情的存在，不代表認可它。身為母親，我絕對不是這樣教妳的，我肯定希望把妳教養成為一位有運動家精神的人。

我希望妳和弟弟能夠誠實地參加人生中每一場競賽，每次都認真準備，每次都全力以赴。拿出自己的全部力氣是對對手有禮貌的表現。就算最後落敗，至少光明磊落，清清白白，既帥氣又暢快，下次還能再來。

這是比較健康的生活方式，也是持續不斷進步的基石。

今天和妳分享這則來自遠古時代的小故事，期待妳從中領悟些什麼。由這個故事出發，每一天都選擇當個更好的自己。

愛妳的媽媽

奢侈品的故事

親愛的女兒，

周末去蘇菲姊姊家玩，後來準備離開時外頭下著雪，十分寒冷，我隨手把圍巾繞在妳的脖子上，深怕妳凍著。一如往常，妳一點都不覺得冷，嫌棄脖子上的圍巾很多餘，動手把它扯了下來還給我。

此時一旁的少女有意見了。

「妹妹不要這樣！」蘇菲姊姊開玩笑說，「那可是一條 Burberry 圍巾耶，珍惜它，享受它。我剛剛偷偷上網看了它的價格，如果我沒看錯的話，它很昂貴耶。快把它圍好！」

身為進入私立學校體系不久的少女，蘇菲姊姊對於奢侈品展現了強烈的興趣，一副很想要的樣子，說實在有點可愛。但為了避免青少年有趣的價值觀造成現場不必要的尷尬，我馬上接口：「對小小孩而言，品牌不具任何意義，他們才不管這些。」

話是這麼說，事實也確實如此，你們小孩子不懂奢侈品，打心底不在乎，而媽媽我喜歡這「小孩子不懂」的狀態，希望你們能繼續「不懂」下去。

可是就像少女蘇菲姊姊，隨著年齡增長，妳上禮拜不也問我路易威登是什麼嗎？即將進入小學高年級的妳，終於也將進入大人世界的價值觀開始社會化了啊。光陰如梭，媽媽我很感慨。

那麼，路易威登、香奈兒、愛馬仕是什麼呢？

它們都是所謂的「品牌」，和耐吉、愛迪達、特斯拉、WholeFoods 同樣都是店家的名字。這些商店販賣各種商品，包含衣服、鞋子、包包、汽車和桌椅。店主在他創造的商品打上自家店名和 Logo，這樣大家就知道這漂亮精美的商品是誰做的、來自哪裡，如果路上其他人看到了覺得很棒，也想購買，就知道去哪家店買得到。產品上的 Logo 具有行銷的功能。

現在世上所謂「奢侈品牌」中最成功的那些，大部分是來自歐洲的時裝和配件如手錶。這有它的歷史緣由。很久很久以前，歐洲大陸的社會結構把人區分為貴族和平民，貴族繼承了很多財富而且不用工作，只要天天玩耍、生小孩就好了；平民則需要為了生計日夜奔走，而且無論如何努力、獲得何等成就，都永遠比不上與生俱來的血統。貴族永遠比平民高尚，這是當時社會的價值觀。

貴族很富裕，他們使用那時候世界上最好最精緻的產品。當時歐洲許多工匠努力精進技藝，設法做出最棒的產品以銷售給貴族階層。畢竟他們最有錢嘛，賣給他們才能賣到好價錢，匠人才能過上好生活。品牌就這樣誕生了，厲害的工匠把自己家族的名字，或是自己和夥伴名字的合體，放到產品上，變成「××屋」，比如我和爸爸兩個人合作的皮包，上面就打著「徐林屋」，我自己做一個，上面就打「老林」，對外就稱呼自己的工坊叫做「House of Lin」，類似這樣的意思。

不難想見，當時被貴族有錢人認可的工匠工坊有著高水準的技藝和藝術品味，隨著時間的推移，有些技藝流失了，有些技藝則隨著外部人才的加入持續往前推進，拿出了世界級的成績單。基本上這就是所謂奢侈品行業的起源。

後來呢，世界發生了天翻地覆的變化，近代革命讓世上絕大多數貴族都被砍了頭，貴族階級消失，什麼公爵、伯爵都不在人世了，「伯爵」甚至成了某種奶茶口味。社會變遷對於專門生產昂貴衣物的工坊來說，似乎並不是什麼大問題，總之我把東西同樣做精美，公爵被砍頭了，那就另外再找其他有錢人買。世上總是有人有錢的。

在這歷史演變的節骨眼出現了一些非常聰明的人。他們不真正具備工匠的巧手，但具備了站在歷史關口上識別社會變遷的能力。近代社會以「血統」來區分人類等級的時代已經逝去了，該砍的頭已經砍光了，社會制度重整已經到了一個段落，那麼接下來，哪些人才是大家眼裡的「上等人」呢？識別的關鍵標準是什麼？金錢嗎？金錢有模樣嗎？

這票頂尖聰明人開始明白，只要是人類都有追求美好事物的動力，都希望能以「某種形式」被上層族群認可。

出身富裕環境的人希望身上有個「什麼」以提醒周遭人群他天生的不凡。這種感覺就像以前公爵出席晚宴，宴會總管得在大廳入口處大喊「公爵大駕光臨」，把階級名稱揭露出來，讓大家都能清楚聽見，聽見之後，人們就會自動給予公爵各種特別禮遇。

因此對於出身平民的人而言，擁有了「那個什麼」，就代表了苦盡甘來，是在經過各種渾沌也好、驚滔駭浪也罷，突破重重難關之後，終於脫胎換骨成了貴族，這樣的感覺。

由此可見，無論是富裕階層或平民階層，都有具備「那個什麼」的需求。這便是現代奢侈品行業的誕生。現代社會需要的「那個符號」，奢侈品牌負責提供。

所以路易威登和香奈兒的皮件非常昂貴，其中具有微妙且深刻的邏輯。其價格的浮動性有它的經濟意義存在。怎樣的數字才符合當下有錢人的定義，奢侈品行業就必須移動它的價格標籤，吻合該標準。跟不上的品牌就會從這個行業中被剔除。

這些皮包的價格是實際製作包包需要的成本，再加上維繫品牌形象的費用，例如華麗店鋪的外觀、高級的包裝、美麗如演員的店員等，然後再加上其他眼睛看不到的東西，例如出眾的品味與美感、社會認同、消費者在購買該商品後得到的自信心，以及終於加入某個群體的歸屬感。

這種感覺其實很像「繳會員費」。

許多人為了加入某種健身俱樂部、鄉村俱樂部或是高爾夫球俱樂部，願意繳交高昂的入會費用。即使明白自己可能永遠不會使用具體額度，依舊願意付費。為什麼呢？除了方便、不在乎那點小錢之外，「購買身分認同」、「想成為其中一份子」等等的成分肯定有。購買昂貴的皮包也是類似道理。皮包的價格真實囊括了皮件的製作成本和上流階層成員的會員費用。

這些奢侈品有那樣的價值嗎？

如何對美麗無比的東西下價值定義呢？永遠沒辦法吧。

一個人的自信心又值多少錢？這種問題永遠不會有正解，答案在每個消費者各自的價值觀裡。

又，這種感覺很像「鈔票」。鈔票說穿了不過就是一張紙，一旦全部的人都認可它，同時堅定不移的相信它真的代表一百美元，隨時隨地可以兌換價值一百美元的貨品。那這張紙就是一百美元的真人化身。

只要全體人民堅定的相信黑色香奈兒皮包價值一萬美元，它就等值一萬美元。

花多少錢可以買到一隻活牛對於大眾來說已經不具任何意義，若後退一萬步審視整件事，妳不覺得堅定大眾信念的少數奢侈品業老闆，才是真正化腐朽為神奇的天才嗎？

成就奢侈品行業的從業人員，運行這龐大而令人嚮往的宇宙的推手們，他們了解人性，知道普羅大眾的心理需求，並將這份需求和商業活動完整結合，創造出一個能用金錢撫平此一需求的具體方法，讓大家都感覺快樂和幸福。

人性和商業之外，這些行業領袖更需要具備過人的藝術涵養，擁有出色的審美能力和高級的品味，才能不斷推陳出新，製造出人人嚮往的頂級商品。

以上都是非常不簡單的事情，我想洞悉人性這個環節大概很靠天賦，但商業能力和藝術敏銳度在一定程度上能夠培養，只要有心並付出努力，是可以學習到一定程度的。

身為母親，我不知道妳長大後會從事什麼行業，甚至不知道未來世界裡有哪些職業選項，只能盡一己之力提供妳更好的環境和眼界，希望妳多學習、多見聞，以後如果選擇了藝術領域的工作，也祝福妳做得無比出色。

今天的故事我個人覺得挺有趣的，也非常值得妳思考喔。

就講到這裡。

愛妳的媽媽

怎麼知道金錢是否足夠？

親愛的女兒，

我們要怎麼知道長大之後錢夠不夠用？

長大之後錢夠不夠用完全取決於妳怎麼生活、在哪裡生活、以何種水準過日子。或許妳會想，長大之後的變數太多了，充滿未知，壓根無從規劃起。其實我們在做關於未來的策劃時，與其去想哪些事情以後會有變化，倒不如把重點放在永恆不變的點，由那些事情為起點開始思考，徹底優化，才有建設性。

想要建築富足人生，恆久不變的事物很多。好比不管幾歲、去到哪裡，每一天都得吃飯，那麼事情就變簡單了，我們試著從一日三餐開始計算。

上次回台灣我叫了外賣便當，如果沒記錯大概兩百多塊台幣，換算成美金約八元。那麼在台灣的餐費，我們可以粗略抓個十美元一餐，一日三餐估計三十美元好了，這是寬鬆計算的基礎費用。而這個費用預算如果出了台灣，無論妳去到日本，或者美國任何一個城市，基本上都會透支，沒有機會以這額度輕鬆生活下去。

這告訴了我們，居住地點的選擇會大大影響妳未來生活的開支。這和妳個人在該城市內選擇的生活模式沒關係，屬於那種無論如何都得臣服的基本消費水準。換句話說，如果妳的收入是固定的，生活在台灣可能就比生活在紐約或蘇黎世舒服得多。選擇居住地點時，這因素必須納入考量。

再來還有生活方式。

如果妳生活在東京，那麼以亞洲大都會人士的生活模式來說，妳將購入大量的衣服、首飾和化妝品以充實社交生活，可想而知，這方面的花銷就會遠大於生活在比如美國西岸郊區。因為美國西岸人的社交方式不同，不需要鎮日妝容精緻、服儀完整，沒有那方面的同儕壓力，但妳可能會去上瑜珈課，有大量的健身房開支，也會因為大眾交通工具的缺乏而不得不開車，那交通費用肯定就比生活在東京高上許多。這些都是生活方式不同必定帶來的開銷差異，和節不節儉沒什麼關係。

接著才是關於節儉的力度。

現在的世界選擇很多，基本上每一樣商品都有昂貴的選擇或相對便宜很多的選擇。絕大多數時候，貴一點的東西很大機會品質比較好。這很合理。

所以妳購買什麼商品，很大程度展現了妳個人的價值觀和實際消費能力。妳可以選擇什麼都買好的、貴的；也可以選擇不重要的東西買簡單的就好，精準配置現有資源；也可以盡可能節儉，把手上的錢節存下來以備不時之需。以上都可以，都是選擇。

以妳從小生長在我和爸爸兩人建築的家裡，加上我對妳個性的了解，妳大概很難依賴超級便宜的商品度日，因為妳的原生生活水準已經遠遠超過，自然而然習慣了好東西。在這樣的情況下，妳必須明白自己的基礎花銷大概不少，很難省吃儉用，從這一點出發去考量自己的收入應該要有多少，未來才不至財務窘困。

「錢夠不夠花」這句話，除了花銷之外，另一個重點是收入。一樣物品昂貴與否、一種生活方式奢侈與否，其實很大程度取決於妳的收入，只要收入夠高，哪裡有什麼貴的東西？如果錢夠花、生活品質要好對妳來說很重要，妳的收入水準便很重要了。而和收入明顯掛勾的，是妳的職業選擇。

雖然無法百分百確定哪個職業會帶給妳最高收入，但我們能屏除少數統計學上的例外，以最大發生機率來做評估，好比我們約略能想像華航機師的收入比小學教師來得多，總統的收入可能比臉書小編來得多，諸如此類，那麼妳便能根據自身喜好的範圍，估計未來可能的收入範圍，有個大概的上限和下限，大概就好，便也能稍微評估妳的收入夠不夠花銷了。

長大成人還有另外一件現實，那就是人一旦長大，如果選擇成家，收入水準和開銷的計算方式將轉瞬改變。什麼意思呢？意思是說結婚以後，人生就從「單人賽制」變為「團體賽制」，得以婚姻和家庭為一個小組，計算兩人加總的收入有多少，開支有多少。

如果妳的另一半是中東石油大富翁，每天不用工作油田都止不住地噴出財富，合理推斷你倆組成的家大致不會面臨財務窘困的情況；反之，若妳的另一半是賭博鬼、銀行帳號歸零王，每次一看到錢就得馬上花光，如此景況之下妳會發覺，無論存錢或或任何實際的財務規劃，都將變得相當困難。

你們的兩人小團體還得考量延伸出來的其他家人的話，事情則變得更複雜。假如妳另一半來自英國王室，他的奶奶是英國女王好了，除了噴出來的石油，每個月還不得不收下來自英國政府的皇室津貼，這樣的話，我想你們兩人小家的家庭預算應該足夠你倆每年去月球渡假一兩趟；反之，如果你的另一半來自一個欠債累累的家庭，必須每個月償還鄉下五百戶農民的田租，妳將感覺經濟窘困，可能得去華爾街上班才能供應愛情所需。

如果在遙遠的將來你們選擇養育下一代，那開銷又更大了，這一次不只是吃喝玩樂的放大縮小那麼簡單，而是得開始真真切切地為他人的生命負責。用什麼負責呢？用金錢負責。你們的財富將實際影響小生命的走向，小朋友能否有無憂的童年，童年的質地如何，能不能夠安安心心前往好地方學習，甚至能否平安長大等，都直接、間接和你們的財富有關。如是之故，不論優雅與否，「金錢」這主題都有討論的必要，都有思考和受相關教育的絕對重要性。

最後，到底如何確保錢永遠夠用呢？答案無非是好好算算。

我們目前身處一個經濟變化非常大的環境裡，要一直維持富裕無憂的狀態比起上個世代，實際上困難不少，得不停地把「金錢」這題目放在心上，規劃未來和日常生活都不忘掉，讓這個重要的主題自然而然形成一種無形的約束、一種自動自發的精明。聽來或許很掃興、很不浪漫，可唯有如此，我們花錢時才能理性些，計畫時才能聰明些。人只有有錢了，才能不用想著錢的事，屆時妳便得到真正的自由。

愛妳的媽媽

跨越國界的條件

親愛的女兒，

今年冬天我們家進行了為期一個月的亞洲行，期間去了台灣，也和台灣的家人一起玩了兩個禮拜日本。這趟旅行可說意義非凡，不僅因為是全球 Covid 疫情結束後第一次家族旅遊，更是妳和弟弟脫離寶寶年齡後第一次回亞洲。

寶寶時代你倆基本上民智未開，即便難得回了趟亞洲也無法體察文化差異帶來的奧妙，這次則明顯不一樣。妳如今已經四年級了，關於生活周遭所見所聞多有理解，甚至對於人生的方向和政策都有了初版一刷的幼幼班藍圖，所以這次帶妳出門我格外期待，期待從妳的視角重新看見世界新奇的那一面。畢竟妳也知道，到我這年紀經常一臉厭世，天底下再也沒什麼新鮮事兒，我很乏味無聊，期待可愛有趣的妳來救援我。

這趟旅途我們坐了十多小時的飛機，機門打開之後，便是個截然不同的世界。看了看眼前的街道和走在街上的人們，弟弟皺了皺鼻子，一臉疑惑地說：「為什麼街上的人全部都黑頭髮呢？」

好可愛喔！沒錯，坐了一趟飛機後，街上的人都變成整齊劃一的黑髮，旅館裡的垃圾桶只有美國的五分之一大，廁所馬桶蓋是溫熱的，必要時還能噴出水來。在太平洋的另一邊，城市五彩繽紛，有華麗的招牌，招牌下有五顏六色的販賣機，販賣機裡什麼都賣，飲料之外，薯片、蛋糕、熱熱的玉米濃湯，甚至拉麵！相當玄妙。

妳也見到了生活方式可以多麼不一樣。例如想吃水果或麵包時，不一定需要開車出門，多數時刻只要大手牽小手，踏出家門散個步，街角就買得到。即便天色已黑依然如此，所有店家都還沒休息，各式各樣商店甚至診所，仍然營業著。此外，走在路上是可以放心的，一點都不可怕。

這是亞洲生活的模樣，也是媽媽我對亞洲生活最最眷戀之處。每次有人問我想不想念家鄉的日子，我都忍不住提及自己對亞洲夜晚街道的思念。我熱愛晚上走在城市的騎樓裡，懷念和朋友聚餐結束後站在餐廳門口依依不捨聊天，我甚至喜歡夜晚的氣味，那種「只要再努力一下下，馬上就能回家休息了」的感覺夾雜了疲倦、安寧與隱隱約約的期待。相較於早晨無可避免的忙碌喧囂，亞洲的夜晚非常迷人。

亞洲和西方社會的生活方式差異巨大，而如此巨大的不同，其實只要一趟十幾小時的飛機就能跨越，文化的彼岸似乎根本不遠。

從一個國度到另一個國度，踏進另一群人的生活裡，到底容不容易？

對我個人來說很容易，但我知道對很多人來說很困難。

想跨越國界的束縛，輕鬆遊走，我個人分析有幾個先決條件。首先當然是「金錢」。我想這應該很直覺吧，要去遠方作客，起碼得買張機票，抵達後則得負擔食宿。無論旅行的目的為何，是生活、工作或遊玩，都有許多需要用錢的地方。退一步來說，如果在原本生活的位置上仍處於被房租和帳單追著跑，忙於滿足基本生活所需的狀態，無論是心理、生理皆無法遠行，那麼就不具備探索遠方的能力。生活方面的餘裕，絕對是跨越國境必須具備的基本條件之一。

第二項條件是「語言」。最方便普及的國際通用語言當然是英文，如果可以的話，盡量學好自是最佳。關於這一點，因為妳生長在美國的緣故，占了不少便宜，能夠輕鬆和世界對談。然而，在我看來，這份得來全不費工夫的輕鬆，讓美國人莫名滋長出某種「你得說給我聽懂」、「世界自然得與我交流」的姿態，其實很不好。謙虛的態度和明瞭自己的不足才是向世界學習的根本。很多時候，學習異國語言過程中的掙扎和痛苦相當難能可貴，想說而說不出口的感覺和各種雞同鴨講的場景，其實都是很好的人生經驗，一旦經歷過且有朝一日征服它，以後將信心倍增，學什麼都不氣餒。我真心這麼認為！

像這次旅行，妳也見到了我的日文多麼糟糕。可即便我只懂得那麼簡單幾句日文對話，照理來說非常不足，仍舊能用那幾句七零八落的句子好好完成旅程，甚至在許多非得使用糟糕句子對話的時刻依然能讓對方哈哈大笑，照樣溝通愉快。

這也來到了我想說的第三項條件。人要能輕鬆跨越國境，前往世界任何國家旅行，第三項條件是「獨立自主的精神」。

更具體形容的話，先是「獨立」，意即能靠一己之力做事，不害怕、不依賴；再者是英文字裡說的「resourceful」。

英文字「resource」是「資源」的意思，「resource．ful」不代表很有資源、很有財富，這個字是形容一個人遇見困難時，有辦法很快從身邊獲取資源去解決眼前的難題，形容很機敏、很有走出困境的本領。

旅外期間，在一個人生地不熟的地方，原本很小的問題都可能因為文化差異和語言隔閡而變得嚴重，這時就需要具備「大事化小，小事化無，舉重若輕」的心態，不會遇到一點小事情就被自己放大到無法收拾，而是能以冷靜的態度審視該如何解決。能做到這樣，我想，就能前往世界上任何地方。

以上三項條件，我認為重要性是第三項大於第二項，再大於第一項。只要具備了解決問題的獨立精神，很勇敢、很機智，那麼就算語言不怎麼好似乎也無所謂，勇敢地比手畫腳一下，總是能理解的。至於金錢，我想如果真的有心想出國，可以努力儲蓄，可以想辦法節省，坑坑巴巴的終究也有辦法實現。

親愛的妳出生在我們家，因為我們是移民家庭的緣故，加上爸爸是職業經理人的工作屬性，妳經常有跟著我們到處旅行的機會，非常幸運。媽媽由衷希望這些人生經驗能開闊妳的眼界，進而讓妳對世界和異國文化有比較正確、正向的看法，當然啦，更希望旅行的愉快回憶能豐富我們的家庭生活，讓妳感覺自己是個更更更幸福的人。

我愛妳，幸福的小寶貝。

愛妳的媽咪

家

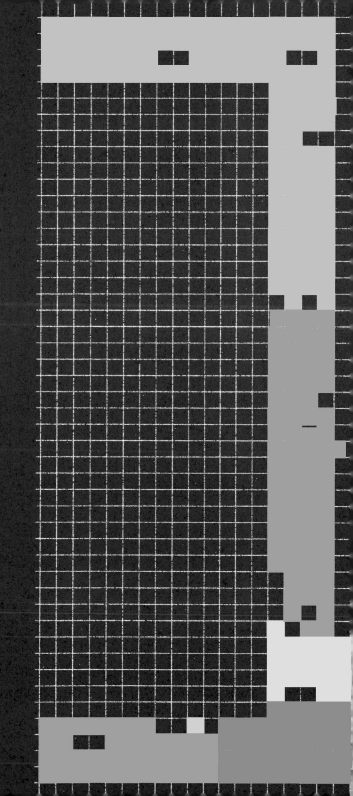

勇敢守護自己的幸福

親愛的女兒，

雖然我最近花很多時間閱讀阿諾州長的自傳，不由自主地沉迷健美先生冒險記，但我想妳知道，我私底下最長久、最隱密的愛好並非閱讀任何現代知識，而是和我們實際生活超級衝突的中國古詩詞。

我熱愛在悠閒的周日早晨，坐在我們位於波特蘭的家中，客廳輕聲流淌爵士樂曲，泡一杯咖啡，接著拿出各種玄妙的中國古詩詞翹腳閱讀。我知道、我知道，畫面組成超級奇怪，有種豬肉攤老闆喝馬丁尼的感覺，或是在太空站裡頭練書法的莫名其妙，但是怎麼辦，我喜歡這樣。只要把自己喜歡的東西組合在一起，團團包圍，一旦進入我的體內它們便萬般和諧，一點不衝突。

中國千年歷史長河中，出色的文學家很多，詩詞方面，我最喜歡的莫過一位宋朝女詞人，對我來說她是宋朝泰勒絲，而我是她的超級粉絲。

在那很久很久以前的時空裡，女生基本不讀書，也不上學；其實不只是女生，而是在那時，「受教育」對於所有人而言都是珍貴又稀有的權利。

為什麼呢？主要因為在那沒有電腦、沒有手機、沒有洗衣機也沒有氣炸鍋的年代，人們很忙，必須做很多事情。好比洗衣服吧，如今我們洗衣服的順序是把髒衣服從浴室拖行到洗衣室，打開洗衣機的門，把髒衣服塞進去，倒洗衣精，關門，花三秒鐘按按鈕，完成。迅速確實，不費勁，洗衣機運轉的同時可以趕快做其他事。

要是古代，我們得把髒衣服揹在背上，走大老遠的路去河邊，用手一件一件慢慢洗，再揹回家晒，光想都非常花時間和精力。以前類似這種基本生存而必須做的勞力工作真的很多，要煮飯、要砍柴火、要送信、要挑水等等，全都僅僅是為了維持基本社會運作，可想而知家家戶戶都很忙碌，忙著生活，無暇從事任何其他活動，整個社會的勞力需求很大，人力都不夠用了，哪還上學呢？比起知識的進步，家裡衣服有人洗、田有人耕種，比較重要。

由此不難想像，怎麼樣的人才會去上學呢？有錢人。

無論燒飯或洗衣都有傭人做的那種人，生活無虞，有充分餘裕發展個人興趣和家族前途的貴族、官宦階級是也。因此，宋朝泰勒絲的家庭背景多麼驚人啊。女生能夠讀書上學，代表出身殷實之家外，她父親必定思想開明且寵溺女兒，人生起點極高，令人稱羨。如此背景之下，宋朝泰勒絲成年後順利步入婚姻，並且是為真愛結婚，嫁給了與自己具備同等社經地位的男人。婚後她和丈夫志趣相投，夫唱婦隨，一起研究經史子集、蒐集金石文物，著作成冊，生活美滿。

好景不常，宋朝泰勒絲活在一個兵荒馬亂的年代，早期的政治安定很快轉變為烽火連天，無論是老百姓或貴族都飽受時代牽連，必須經常往南部相對安全的地方遷移。亂世之中，她的先生過世了，獨留人間的女詞人在戰火下持續逃往南方城市。

在一次又一次建立新生活的過程中，她遇見了一個新男生，那個男生對她很好，心動的她便答應了對方的求婚。可怕的是，其實那個男生是為了錢才求婚的，認為宋朝泰勒絲手上握有很多珍貴的骨董字畫、金石寶物，倘若變換成現金，花起來應該很舒服吧。無奈事實上大部分的珍寶早在顛沛流離中散失了，女詞人根本拿不出錢，發現事實的第二任先生惱羞成怒，經常對她施加暴力，讓她日復一日生活在痛苦中。

於是，女詞人決定離婚。

「離婚」在中國古代可是超級大事，基本上被視為一個無法真正履行的虛無飄渺概念。畢竟在當時，一個中國女人的價值，還有她生命的意義、生活的重心，統統維繫在她丈夫身上。丈夫事業發展順遂，生活愉快，就代表妻子得分很高，是為賢妻；丈夫不得志，生活鬱悶，大抵也能怪罪於妻子，表示她未能善盡為人妻子的責任，無法讓丈夫無後顧之憂。家裡長輩、隔壁鄰居太太批評幾句都屬天經地義。總之，在古代的價值觀裡，以丈夫為天的女人，即是擁有優良道德操守的女人。

古代不是有很瘋狂的事情嗎？例如丈夫出門被馬車撞倒，交通事故離世，或者出征塞外陣亡，他的妻子可能會自動自殺或「被自殺」，以某種形式的殉葬做為最高道德表現。也有妻子在丈夫離世後選擇終生獨自一人，遠離任何「見不得人」的感情生活，以某種自我掏空贏得社會掌聲。

在古代，寡婦、單身女子一個人生存很困難，如果迎合普世道德價值觀能讓生活容易些，我想任何朝大眾觀點靠攏的生存選擇是非常合理的，走到生命的末端還有機會獲得貞節牌坊這種屹立百年的好寶寶獎章呢。

即便社會風氣如此，宋朝泰勒絲新婚過後幾個月便提出了離婚。當時如果女人要離婚的話，除了必須吻合幾個先決條件，無論理由為何，離婚後女方都必須入監服刑兩年。即便女詞人知道離婚的代價是坐牢，仍然堅持離婚，展現了莫大的勇氣。

第一次讀到這個故事時，我內心非常佩服女詞人。因為說實在的，如果事情發生在我身上，我不確定自己有沒有這個勇氣，先是入獄，再是面對全世界的流言蜚語，最後靠一己之力於亂世中存活。

但願我有同樣的勇氣。也願妳有。

或許年輕女生如妳會覺得，當初不要再婚不就好了嗎？何必衝動行事，把自己拖入深淵之後，才在那裡自我讚美自己的勇氣。

媽媽我身為中年女生，很能清楚體會在人生漫長的旅途之中，是人都有脆弱的時候。當妳疲憊、迷惘、害怕，無論男女，都會反射性找尋身旁可以倚靠的肩膀，也就很可能在那些瞬間做出錯誤的決定。我想這樣的情況，無論多麼精明能幹、頭腦清醒的女人，都有可能發生。

然而，錯誤的是決策，不是女人。

沒有錯誤的女人，女人也不會因為做錯一個重大決定而耽誤一生。重拾幸福的重點是在發現錯誤的當下立即尋求改正的可能性。身為女人的我們，為了撥亂反正，願意付出到什麼程度。

倘若妳連坐牢都願意，我想十個錯誤也能改正十次。總有一天，女人能為自己做出一個最佳決定。

親愛的孩子啊，我當然非常希望妳能夠為自己做完美的選擇，希望妳在感情路上一帆風順；但是假如，我只是說假如，未來某一天妳發現自己並不快樂，也未能在婚姻裡獲得期望的相知相惜，妳想改正它、想重新出發，那麼，糟糕的婚姻狀況並不會永遠絆住妳，妳不會永遠深陷泥沼。婚姻的錯誤不是人生的錯誤，兩者並不畫上等號。妳能夠，也將會，運用自己的智慧與努力，加上來自律師也好、諮商師也好，任何外界的幫忙，走出陰霾，前提條件是妳得有勇氣和毅力去做。

「勇氣」是媽媽所能給予妳最大的祝福。

「勇氣」並不是無所畏懼，而是面對糟糕的情況、困難的問題，仍然勇敢面對，堅強果敢地為自己的人生披荊斬棘。

我希望妳能明白自己的價值，妳是被珍愛著、寶貝著的人，請務必以堅強勇敢的信念守護自己、守護爸爸媽媽一生的寶貝。記住妳永遠值得幸福。

愛妳的媽媽

女生應該做的事

親愛的女兒，

去年冬天我們一起回台灣的時候，外公讓我在遙遠的以後主導老家重建工程。妳從來沒有住過台灣，和台灣的親人不熟，容我解釋一下前因後果。

我是新竹人。打從我的爺爺開始，他小時候穿著洋式皮鞋逛的大街就是新竹的街，代表我們家族在這裡已經生活了很久。我的奶奶，在同一條街上買了房子給我的父親和其他兒子，彼此比鄰而居。像這樣生活在一起好處很多，彼此有照應，讓我從小到大都沒有機會明白「孤獨一人」是什麼感覺，因為基本上「家裡」隨時有人，不在牆的這一邊，就在牆的另一邊，總之熱鬧有餘，寧靜不足。

大伙兒這樣群居生活了一輩子，有人搬走，有人搬回來，進進出出未曾歸零。時間過得很快，轉眼到了該修房子的時刻，幾位叔伯開始討論共同改建計畫。如果我沒記錯，首次開會時，我念小學。

和親戚一起工作，其中又沒有一個真正具有仲裁能力的領導人的話，事情很難做成。往往大家一陣吵鬧後各自回家，事情不了了之。我們老家的重建計畫就是這樣，一晃眼十年、二十年過去，原本的房子依然矗立在原本的地方。

如今我已經四十歲了，和妳、爸爸、弟弟長年居住美國，很少回台灣。上次回去，外公難得看到我，一見到我便急著把責任丟給我。

「重建老家的難度很高，不僅是居中協調這麼簡單而已，還有建築相關技術和法規、資金周轉，需要耗費龐大的精神處理。這工作難度極高，家人那麼多，為何非得要遠在天邊的我做？」我說。

「困難的事情，總要有個人去做。」外公說。意思是那個倒楣的人就是我。

一個人負責主導工作，其他人等著好處。翻成白話是這樣的意思嗎？我不確定。

這個辛苦的人被設定為不是外公自己，不是我的叔叔伯伯，不是堂哥、堂弟，而是我。聽到這份任命的當下與其說生氣，我感受到的是強烈的領悟。我不生氣。

我的爺爺有六個兒子，一大堆孫子。真的好多，多到我還得拿筆出來計算。從小我就知道，男性是這個家族的主體。逢年過節，爺爺、叔叔、伯伯、堂哥們的責任是等吃飯。他們群聚在電視前面看網球比賽或新聞，一邊聊天一邊等開飯。所有的家族女性，除了我和妳的小阿姨，我的奶奶、母親、嬸嬸和伯母，女生全部擠在廚房煮飯。當她們同時在廚房裡工作時，我覺得廚房好熱、好小喔。廚房以前一直那麼小嗎？我居然從來沒有注意過。

除了空間狹小，年節時刻的廚房總給我某種炊煙裊裊、油煙莫名很大的錯覺。明明是瓦斯爐，卻總覺得嬸嬸剛才好像蹲著燒柴，瀰漫著一股盡心努力之中夾雜厭惡現世的感覺。甚至我偶爾晃進廚房，發覺因為空間大小的物理限制，根本容不下那麼多人同時工作，導致伯母可能一時無法做事，只得乾站著。然而，即便狀況如此，伯母還是只能待在廚房和大家聊天，不能直接離開廚房，沒辦法就這樣走出那狹小的空間，坐進客廳沙發，露出鮪魚肚，和其他男生一起看電視。為什麼呢？因為晚餐還沒煮好，女性責任未了。

我們女生被社會的禮教囚禁在自己家的某個角落，做著所謂「婦人之事」。發生了困難事情，必得做「大決定」了，坐在會議桌上的只會是這個家的男人。男生做對外的、困難的事；女生做對內的、辛苦而無價值的事。男性的生活建立在女性無償的勞動之上，年復一年，天經地義。

為何時間快轉到現在，這份棘手的工作會落到我頭上呢？答案是我來做才有勝率。於是我明白了，規矩是人定的。

人類就是這樣一種動物，只要有機會就把自己不想做的事情推給別人。沒有人喜歡倒垃圾和刷馬桶，沒有人喜歡到點做飯、按表洗碗，沒有人喜歡換尿布、半夜餵奶，但所有人都想躺著就有飯吃，所有人都喜歡乾淨的廁所，所有人都喜歡幼兒甜蜜的香氣。在文明的情況下，大家會把這些討厭的事情分著做；在不文明的情況下，則會出現一些隱形規範讓弱者感覺自己不得不去做。

某天出現了一件困難而沒人想做的事情，性別規矩馬上打破了。我們換個運行規則，再也不由「男性」主導，改由「能力好的人」主導。

「讓會做的人去做」，他們說。

親愛的寶貝女兒呀，我在這裡想和妳深刻討論的是規矩的制定，以及女生應該做的事到底是什麼。

男性長輩認為有權利依照自身喜好，或懶散程度，制定大家的責任範疇，誰該做什麼，誰不該做什麼。事實上，既誠實又悲傷的，我慣性地認為我得服從。我潛意識不由自主地聽話，想到要忤逆長輩意願，甚至在內心深處反抗受命的合理性，都覺得壓力很大。

「這樣是不對的」，我對自己說。也對妳說。

我的行為是我寶貝女兒的表率，如果我今天無法指出這說法的荒謬性，等於是在對妳說，以後別人也能這麼對妳說話。

然而，別人不能。

絕對不能讓其他人，以年齡、性別，或是其他任何荒謬的理由，讓妳覺得自己天經地義應該負責那些細碎又辛苦的勞動，卻沒資格對真正重要的事情發聲。同樣地，也不要讓人對妳說：「這件事情好麻煩喔，妳做。」

除了妳本人之外，沒有人能為妳定下妳生命運行的規則。女生應該做的事，是自己認為正確的事和自己想做的事。

一件事情的做與不做，理由有很多，它可以是出自妳對家人的愛與親情，可以是妳的責任心，可以是妳的愛好與熱情，可以是金錢報酬。但不可以是「天經地義」，不可以是「因為妳是女生」，不可以是「倒楣事總得有人去做」。

妳去做一件事，必定因為妳想去做，如此而已。那麼媽媽我會永遠支持妳。

未來的人生路上，肯定還會有許多人試圖用意識形態把妳困在某個形式的廚房裡，屆時妳得問問自己是不是瑪莎·史都華，或是江振誠，如果答案是肯定的，那妳只管忽略那份無謂的困頓感，專心去做。但如果不是，妳就打開廚房的門，簡單地走出去就可以了。

最後，隱形的框架不容易察覺，請務必小心，好好珍惜自己。

愛妳的媽媽

選擇和命運

親愛的女兒，

我的母親，也就是妳的外婆，是一個篤信命運之人。如此措辭其實經過美化，更老實直白地描述的話，就是迷信。

對於生長在美國西岸郊區大房子的妳來說，迷信很遙遠，屬於那種聽完字面解釋可以想像，但骨子裡無法真正理解的事情——因為從來沒有親眼領教過的緣故。

傳統台灣婦女的迷信有基本流程，以外婆來說，她非常喜歡算命。她不喜歡著眼於自己眼前的生活，但她熱愛算命，也篤信算命。她喜歡別人告訴她明天會怎樣。如果算命預言了好事，那就代表好事絕對會發生，令人愉快；如果算命預示了壞事的來臨，那麼基於「該發生的總會發生」原則，趕快去廟裡祈福，接著趕快捐款給廟宇或慈善機構，以求轉圓改運。

妳覺得奇怪，倘若壞事即將到來，不是該針對即將到來的壞事預做準備嗎？如果健康不好應該馬上健檢、看醫生、做運動；如果財務狀況即將敗壞，應該立刻請會計師檢查自己的投資狀況，跑去育幼院捐款是？？？

且讓我來解釋其中的邏輯。在台灣一般民間風俗裡，每個人的靈魂都自帶一張積分表，如果平日做了許多符合傳統價值觀的良善行為，妳的累積積分就會上升。積分的高低和命運的順暢度成正相關，積分愈高，人生走向愈能吻合自己的意願，順風順水。在此邏輯之下，一旦遇上不順心，必須尋求立即的加分項目，尋找社會中需要幫助的機構，並在那裡投入金錢、提供幫助，期待對命運的轉圜產生立竿見影的效果。

如果妳發現自己投入很多捐款還是不順遂，只代表了一件事，那就是妳上輩子扣太多分了，很抱歉，妳這輩子必須加倍奉還才能擁有一般人的好運氣。

總之，命運和算命體系的運作和邏輯大致為此。

退一步思考或許感覺無比荒謬，但人類身為社會的一份子，無論哪個社會都有類似台灣命運積分系統的東西。細節略有不同，價值觀隨民族各異，但運作上是類似的，是人類心理需求的產物。怎麼說呢？人生道路既苦且長，難免遇上難關，為了有繼續走下去的理由和信念，人們必須要能相信，除了眼前的卡關，我們在特殊宇宙、看不見之處其實仍有進步。心理責任歸屬的轉移讓我們可以對自己說，我會陷入這等地步有其不可抗力因素，不全是我自己的問題，即使不解決眼前的難題，在看不見的虛空宇宙裡，我有在做、我有努力。

抹去人類的無力感和怯懦，將其轉化成一些或許對社會有所助益的行為。

那「命運」又是什麼概念呢？

「命運」在我們台灣人的思想觀念裡，該怎麼比喻好呢，像一條巨大的河流嗎？這條河它有既定的方向，在我們每個人出生時大抵就已經決定了。妳知道的，以妳上輩子累計的積分卡為基準。

妳出生，即被上天拋入這條巨大的河流裡，緩緩向前。妳的生活是被動的，妳的機緣、妳的選擇和妳的努力都是被動的，上天允許妳努力用功，基本上妳才得以努力用功；

上天賜予妳好姻緣，那是看妳前輩子修行，累計超高積分，而後應允妳的祈求，才讓妳遇見完美的另一半。終究，所有人都在命運的長河裡漂流，能做的有，但有限，畢竟我們還有上輩子攢下的積分表。

總之，上述邏輯深深烙印在外婆的腦海裡，成了她的人生準則。以我一介旁觀者看來，她會如此深信不已，恰巧是因為這份思考邏輯符合她的心理需求。她是一個知道什麼事情該做、什麼事情不該做的人，也非常稱許所謂「上進心」的重要性。她想改善自己的生活，想向上提升自己，想有更好的社經地位，想要受尊敬、受疼愛，但不知道確切如何做，也萬分不願意更動自己的行為模式。直白地說，她只有心裡上進，身體卻很誠實的不努力。她為自己的膽怯所困，不願意去沒去過的地方，不願意做沒做過的事，甚至不太和陌生人說話，因此人生便很難得到她想要的改變。

不是說外婆就是壞人，她不是，這裡完全是一個人自己與自己內心誠實對話的問題。與其要她承認自己對於人生的各種躺平作為，倒不如給她一個邏輯架構，讓她跟自己交代，「一切都是命運，一切都是天意，終究已注定」，不是她個人的問題，是上天的問題。如此一來，日子便好過許多。

由於從小沒人跟妳提過「累積積分換好運氣」邏輯，妳的生活環境中並不存在這類思考脈絡，妳自然會覺得荒謬、不習慣。面對生活，妳自然而然不會產生類似「購買贖罪券」的想法。在運氣好的日子裡、運氣不好的日子裡，妳都不會想前往社福機構捐款換好運。眼下狀態沒有什麼好，或者不好，就是現況而已。

對我個人來說，由於從小被植入相關思想架構，簡直每天聽，也不知道為什麼，雖然並非百分百拒之於門外，但我確實比較沒有放心思在「運氣」和「命運」這些事情上。我每天著眼於目前生活的難處，總是想著自己應該怎麼做、可以怎麼做，才能消滅那些難處；我也很努力增進自己的技藝，全神貫注在自己有興趣的事情上。小時候仍住在家裡時，我每天都想著「要是能講得一口好英文那該有多好啊」、「怎樣才能講得一口好英文呢」、「怎樣可以拿到好成績呢」諸如此類，非常現實而具體的想望。

了。

我不知道命運想要什麼，但非常清楚自己想要什麼。我忙於生活，便無暇顧及命運之所以能從某些境況裡頭走出來，我想正是因為我工作多，雜念少的緣故。又或者我想的是比較真實的問題，把上輩子的事留在了上輩子吧。

這輩子的命運，截至目前為止，好的壞的，我個人觀察，都是我自己的決定導致的。好比約莫國小高年級時我就大致知道，自己長大成人後的個人經濟環境會比小時候好。我當時聽大人說，只要一路念理工科、醫科，就能有大約多少多少的薪水。我評估了一下自己的學業表現，覺得無論接下來成績下降多少，大致上都熬得過去，所以問題就變成了是否選擇理工科這條對我個人而言比較無趣、比較困難、功課量也比較大的路。

年幼的我選擇未來要擁有比較好的經濟條件，所以選擇忍受大量困難的考試和青少年時期永遠的晚下課，選擇在父母嘲笑我腦袋不好時，孤身堅持下去。只要這份忍耐有明確的目的，它就有意義。

妳知道嗎？現在我都四十歲了，外婆還是說我能夠有比較好的經濟實力是因為命好、運氣好。妳覺得真的是這樣嗎？我不覺得。

命運，是生活中大大小小選擇的總和。

有些選擇看似微小，卻能徹底改變妳的人生方向，切莫小看。同時我希望妳記住，很多時候，一個能夠引領妳前往美妙所在的正確選擇需要很大的勇氣。勇敢的心、堅決的毅力，才能為自己成就了不起的選擇。千萬不要被自己的膽小和怯懦打敗，每個人都有害怕的時刻，理解它、面對它，接著放下它，轉身做一個正確的選擇，選擇起床、選擇用功、選擇不欺負朋友、選擇吃蔬菜、選擇守時、選擇穿外套、選擇不去水深處、選擇不孤身獨走夜路，做好每個大小選擇，妳就選擇了一個正向幸福的人生。

永遠愛妳的媽媽

童年

親愛的女兒，

每天下午在社區門口等待你們放學，遠遠地看見校車使勁開上山坡，一副很辛苦的樣子時，我心裡總不禁覺得有點可愛。原來小小的你們加起來可以那麼重啊！重到都爬不上山坡，真是辛苦校車了。

我最愛等你們回來。每當校車緩緩駛進社區街道，小朋友的笑臉總是一個個掛在車窗邊，笑咪咪地朝大人揮手。車門一開便蹦蹦跳跳地下來，眼神急忙尋找自己的大人，接著開開心心衝進父母懷裡，永遠都是一副沒煩惱的樣子。我光是看著你們的笑臉都覺得好幸福、好美滿。

「人生還是很值得好好生活下去的吧。」我總會這麼想。

如此簡單的幸福其實得來不易，需要很多圓滿的元素同時備齊，代表了大人們多年努力的開花結果。希望你們這些小朋友不要太早領悟這點，享受與世隔絕、遠離現實的童年，就這樣呆呆地快樂下去吧。

放學是點燃我們家庭生活下半場的起點，彷彿在凍結的客廳丟了鞭炮似的，轉瞬之間，家裡從一個極致安靜的環境變成菜市場般喧囂無限。無論我如何禁止，你們永遠止不住吵鬧，一邊吃點心，一邊推擠，一邊聽有聲書，一邊計畫著等下要如何和對方徹底劃清界線。兄弟姊妹之間的吵架即使煩人依然無比暢快，此番情境之下，拿枕頭敲對方的頭好像也挺合理的。愉悅的家庭生活中，和手足無止境地相愛、相揍，實為親暱的表現。

我和我的妹妹小時候也和你們一樣親近，或許甚至能說，更親近。我們幾乎不吵架，因為我們沒什麼需要爭執的事。我的性格很穩定，不計較小事，情緒上從來不曾天崩地裂，她則天性開朗，行事幽默風趣，經常顯得很愉快的樣子，總之我們之間的關係很好。

讓我們關係更加緊密的，其實還有我們原生家庭的狀況，時常讓我們為了生存下去而有緊緊貼近彼此的需要。某方面來說，在風雨飄搖的時刻裡，我們是彼此唯一的依靠。

拿每日放學回家後這段時間來說好了。

我的童年記憶中，從放學回家到吃晚飯這段時間通常很愉快。我母親主政的家裡總是充滿麵包和點心，功課對我們姊妹倆從來不是問題，花點短暫時間完成之後，我們各自做自己喜歡的事情，我通常看書、寫作、讀英文；妹妹則出門溜冰或騎腳踏車，我們的母親因為忙於家務、煮飯啊什麼的，無暇管束我們，我倆非常自由。

我們從未就夜晚來臨時會發生的事情有過任何討論，只是靜靜地等待天黑，母親備妥晚餐後就默默地吃，然後偷偷盯著紅色大門，等待那一刻到來。

它總會到來，我們的父親會準備出門，我們的母親會因此張牙舞爪。

即便知道這是家裡的基礎流程，我們也無法阻止它的發生。家中空氣隨著時間推移逐漸升溫，緊繃到了極點之際，幾乎能看到精神堤防的潰敗，當然還有童年的潰敗，日復一日，痛苦沖毀了一切。

我們無憂無慮的童年，在每晚七點半鐘聲響起時消失。

我和妹妹忍受約莫二三十分鐘的精神痛苦，待父親出門後，一切總會歸於平淡。乘著母親失落當下的言語暴力，我倆回到屬於我們的房間，房間之內，便只有單純與快樂了。只有我們兩個的房間裡，我們姊妹處得很好。我們曾是彼此的港灣，僅僅是對方的存在，在那個當下，已是極大的救贖。

在那個年紀，比起其他孩子，我們姊妹倆顯得有點標新立異。我們喜歡來自遠方，新潮而與眾不同的音樂。當時我想，如果我喜歡的東西和學校裡的同學不一樣的話，是否有點高人一等的意味？只要我聽的是美國的歌手、英國的歌手，是搖滾、是爵士，那麼有一部分的我可能生活在遙遠的地方，不受困於這塵土飛揚的房間，我的人生可能遠大，絕非只有眼前的渺小與卑微。

如果外面有更美麗的人生，我得想辦法過去才行。給我一個美好生活的可能性，對小時候的我來說，已經足夠讓我繼續。

高中之後，家裡的情況並沒有好轉。

但我們長大了，不知道怎麼著，身體高大結實了，連帶精神也比較強壯。夜晚依舊到來，那三十分鐘也總是吵吵鬧鬧的，但我倆再也不哭了，甚至連情緒都大致不受影響。我們總是安靜地吃我們的飯、做我們自己的事，面無表情地等待鬧劇結束。偶爾，我們還能拿這齣無止境的鬧劇開玩笑。

我和我的妹妹只相差一歲，幾乎同時離家上大學。上了大學之後，我父親因為工作開始旅居國外，頓失生活重心的我母親不懂得如何獨立生活，時間太多卻未能自我規劃，閒來無事的她還是得發洩，便把砲口轉向在大學上課的我們。當時我的精神遭遇前所未有的打擊，瘦到四十六公斤，維生素缺乏，嘴巴裡總是有破洞傷口。我提醒自己，距離自由與獨立的時間不遠了，再忍忍。我更加拚命努力，終於拿到遠走高飛的門票。

終於，我再也不用忍耐充滿灰塵的房間了。

我終於走了。

童年的故事寫到這裡，突然之間有點不確定自己為什麼提起這些往事。只是覺得，母女之間應該要能說一些非常、非常私人的事情。可即便面對自己的女兒，提起往事還是很不容易，需要很多勇氣，畢竟埋藏比訴說來得容易。今天我誠實地把自己的感受寫在這裡，無非是想讓妳更明白我是怎麼樣的人，我的生長背景輪廓為何，給妳一個對過去的想像。改天妳發覺平常風趣開朗的媽媽突然間行為古怪，不擅言詞，不懂得如何處理低落的情緒時，便能理解我的難處，了解我在很多地方都需要重新學習的理由。

我在某本書上看到，每個人都得在生小孩之前，治癒自己前半段人生的毛病，這樣才不會殃及無辜的下一代。我覺得這句話說得很對，療癒自己的過去是邁向未來幸福的階梯，把沉重的步伐留在意識清明的此時此刻，在文明環境的幫助下揮別過去，開始快樂起來。

但我也忍不住想更正，存在我體內的才不是毛病，我哪是有毛病的人。更準確地描述應該是「傷口」，是和跌倒擦傷膝蓋或跑步扭到腳踝相似，普遍存在於人類身上的傷口。即便眼睛看不見、雙手無法碰觸，我擁有的不是毛病，而是可以被治癒的傷口，身為大人的我，每一天每一天持續努力醫治著它。

我的自我重建工程首要目的肯定是為了自己好，同時我的進步也將避免讓前半生的烏雲籠罩到妳和弟弟身上，我要盡力讓你們快樂健全成長。
請妳幫我加油，陪我一起努力，我們一起往身心健康的方向前進。

永遠愛妳的媽媽

脆弱與珍貴

親愛的女兒，

我小時候非常迷戀一位暱稱為「超新星」（Supernova）的超模。當年年紀輕輕的她橫空出世，霸占幾乎所有時尚雜誌封面，出現在所有一線品牌秀場。比起伸展台上的表現，當時我更喜歡她為時裝品牌拍攝的宣傳照，總覺得她的臉除了完美無瑕還有種說故事的能力，淡漠的表情永遠蘊藏飽滿的情緒。我想全世界的讀者應該都隔空感受到絕美容顏之下隱藏著許多人生故事，並在毫不清楚細節的狀況下被感動了吧。成功的超模，就是得有這樣的本事才行。

「超新星」超模出生於蘇聯某座小城鎮，家裡媽媽經營水果攤，因此她從小就幫媽媽做生意賣水果。當時蘇聯的經濟很差，甚至每隔一陣子都更差些，人民的貧困已經到了經常有一餐沒一餐、餓肚子的程度。在那樣的社會局勢下，家庭生活不可能正常運轉，超模的母親一個人做四份工作，養三個女兒，哪還有餘力顧及孩子們的教育？年紀輕輕的她充滿焦慮與迷惘，還經常餓肚子，於是早早離了家跑到城市討生活，因緣際會就讀模特兒學校，輾轉被經紀人發掘，開啟了璀璨的模特兒生涯。

出人意料地，好不容易擺脫貧窮、登上事業高峰的超新星，比起心無旁騖拚命努力賺錢，她選擇在十九歲時結婚去了。這是為什麼呢？

時間往前快轉，已經四十歲的她被問到時的回答是：

「因為沒有人告訴我，我很珍貴。」

在超模生長的環境裡，女孩子十八、十九歲懷孕，結婚生子，再平常不過。女孩子剛剛成為大人，橫衝直撞，躍躍欲試，往往不懂得停下腳步檢視自己、整理自己，時常一頭栽進婚姻，以為婚姻就是生命的解答。

「但願當年的我，明白自己很珍貴。」

其實這番心情，我多少能夠理解。

當然啦，我不是什麼蘇聯賣菜女，從小沒餓過肚子，更有接受高等教育的機會，理論上應該能做出更有智慧的人生決定才是，怎麼會把自己放入「十九歲結婚」這段討論中呢？

我是滿二十五歲那年結婚的。以我的生長背景和周遭社會環境來說，相當早婚。大部分和我一樣讀過超級好學校的女生都會留在灣區發展職涯，不會年紀輕輕就步入家庭。我和爸爸處得很好，婚後生活愉快，他是我一生最好的朋友之一，若從這個角度去看的話，當年早婚的決定肯定不是個錯誤，但我想和妳聊的是這個決定背後的心理因素。

事實是當時的我，很害怕。

外婆家的模樣妳很清楚，是個看來平凡無奇的家庭，也有許多人家都有的、平凡無奇的煩惱。但身在其中的我會說，我們家的苦惱，比起普通，再稍微深厚一點點。

外婆一直有情緒問題，有時候還好，有時候特別嚴重。一直以來都是我和小阿姨在不為人知的生活裡承受她的躁鬱。這件事情說起來容易，挨起來非常辛苦。我是在這樣的狀況之下成長並走出自己的人生。約莫在我大學時期，這痛苦值來到高點，並一路延續直到我來美國念書，物理距離幫助了我，拉開我與躁鬱症的垃圾桶關係。

研究所一年級的聖誕假期我返台過節，打開家門發現外婆把自己的頭髮剃成光頭，就像寺院裡的尼姑，並且一如往常地一股腦抱怨生活不順遂、水龍頭壞掉、電燈也不亮等等問題。對於剛下飛機的我來說，過去半年我生活在地球上的科學殿堂裡，聽著諾貝爾獎得主教授討論科學與理性，身旁所有朋友都有美滿的家庭當人生支柱，眼前都有光明的前程。

而我呢？我也有光明的前程。我靠一己之力走到這裡，兢兢業業一再確保自己的前程足夠光明，但深知由此而去困難加倍。當時的我覺得好累，沒有人可以幫忙我，哪裡都沒有一個說話的對象，面對強勁的競爭，自身各種不足以外，還得不停忍受有人把頭髮剃光、鬧著要惹事之類可怕的精神煎熬。我就是覺得我累了，我希望有人幫幫我。

在這樣的情況下，有一個優秀好男人，也就是爸爸，想要照顧我，想跟我共度餘生，所以我結婚去了。真實的情況就是這樣。

回到超模的故事，環境框架固然不同，其中的女性心理我想大概有雷同之處。

「超新星」以迅雷不及掩耳的時間在伸展台上獲得巨大的成功，即便穿梭於五光十色的時裝產業，她的心底、靈魂深處，依然是來自蘇聯的貧窮女孩。成長背景與身處環境的巨大反差會在年輕女孩身上種下迷惘和焦慮的種子，到底該怎麼做才能被接受？到底如何才能一直待在這裡？到底該怎樣才「夠好」？我不想被一腳踹回原本的地方。

半大不小的年紀，心裡還帶著各種永遠沒有解答的問題，一個人在茫茫人海中尋找一個位置，疑惑、害怕、興奮和惶恐會讓膽小的女生在潛意識裡想有個依靠，在閃爍的鎂光燈之間，企圖抓住一個真實可觸及的依託。

可是女兒啊，讓我在這裡告訴妳一個事實：在這種情況下抓住的，十之八九都不是生命的解答。年紀輕輕倉促進入的婚姻非但不能解決我們對生命的疑問，反倒往往會帶來更多、更嚴重的問題。妳想嘛，愈重要的決定愈要花時間、花精力思考，愈是理性對待，愈能得到好結果，因此在急迫狀態下嫁給身旁看到的第一個人，妳說這婚姻的成功率能有多高呢？對不對？

妳的生命歷程同樣也會有非常迷惘、非常無助、非常使不上勁的時刻。這點每個人都一樣。以妳的來說，因為妳是我和爸爸的孩子，擁有非常堅實的家庭支持系統，有問題大可回來找我們，我和爸爸無論如何都會幫忙妳。記住妳是有家的人。光是這一點，妳已經抹去了絕大部分的問題。

我和爸爸之外，妳所能得到的幫助，只有妳自己。

聽來或許艱難，甚至有點殘酷，但這是事實，能幫助妳的人只有妳。自己才能寫完自己的功課，自己才能充實自己的腦袋，自己才能建築自己的夢想，自己才能帶自己去更好的地方。人能踏實依賴的人，只有自己而已。

所以，請務必堅強起來。

用堅強的心靈武裝自己，在困難的時刻也不要逃避，直球對決，如此方能走出迷霧，擁有獨立自主的人生。

與此同時，我和爸爸會是妳永遠的港灣。歡迎回來。

愛妳的媽媽

生出妳這個寶寶

親愛的女兒，

妳出生的時候，我其實毫無準備。

意思並非我意外懷孕，我不是，我想著懷上妳想了半年之久，妳的到來是我和爸爸期待已久的降臨。毫無準備說的是我完全不知道如何當媽媽，妳出生前，我甚至一次也沒仔細想過為人父母這件事。

當時我和爸爸純粹覺得「時間到了，好像可以生個小孩了」，然後妳就來了。現在回想這決策過程覺得荒唐至極，這麼大的決定，這麼少的考量，似乎有點不負責任。

不過妳來了，我們很幸運。

一般別人家的媽媽成為母親以前，由於想精進技藝，會去一個叫做「媽媽教室」的地方上課。我沒去，因為我覺得很無聊。當時的我對於小孩的一切完全不感興趣，散步遇見可愛的拉不拉多不會伸手摸，是個對人間一切「可愛」置之不理的女人。

這樣的女人準備生孩子，從任何角度看都是前景堪憂。又因我當時在大人世界如魚得水，會做的事情很多，覺得養個嬰兒嘛，是能困難到哪裡去？何必參加媽媽教室，到時候小孩生出來了，看到嬰兒臉，不就應該知道怎麼做了嗎？

秉持此一態度，直到妳出生當天，我連尿布長怎樣都沒看過。

沒有去媽媽教室，未曾進行任何胎教，育兒書籍買了幾本但一打開馬上睡著，進度永遠停在約莫第五頁。簡而言之，我的育兒背景知識，零。

當時我看待生產的心態也和現在的我完全不一樣，完全是個年輕女孩的視角。我想剖腹，因為覺得寶寶從產道出來非常「大自然」、非常「有機」，而我討厭未經矯飾的天然的一切，我害怕國家森林保留區和河床出海口，我喜歡都市、房子、冷氣，我喜歡人工、文明和堅實的科學技術，我不想當地球脈動的一員，我不要我的寶寶從我的下面拖出來，我要剖腹。

剖腹那一天來臨時，年輕的我做了一個令現在的我非常後悔的決定：一個人進產房。當時的我因為還不是個有愛心或懂得感激人生重大轉折的女人，認為「生小孩」非常狼狽，只有醜而已，所以如果可以的話，只希望沒有人見到我醜陋的那一面。與其害怕獨自一個人進手術房被切腹，我更害怕被人看到我被切腹，並且很醜。

又醜、又狼狽、又不由自主的那一面，我自己享用就好了。我就是那麼倔強的女人。但也因此，我錯過了記錄妳出生那一刻的機會。我無法拿出珍貴的那一刻的影片給妳看，然後說：「看呀，這哇哇大哭的寶寶就是妳。」

錯過就不再回來，我好遺憾喔。真的很抱歉！

妳出生那個晚上，母奶出現了。

就像前面說的，我沒有任何母嬰知識嘛，我其實不知道女人的胸原來會產生奶。我一直都覺得女生的胸部是裝飾用的，它們就是蓬蓬白白軟軟的好東西，如此而已。誰知道它們會流膿啊！母奶出現時我在看電視，想著這到底是什麼鬼東西，嚇死人了。馬上按鈴請護理師過來。

護理師過來的同時恰巧遇上醫師巡房，大夥兒一臉幸福地恭喜我。

「好順利呀，珍貴的初乳毫無困難的來了呢。」

「這到底是什麼我不要！醫生快點幫我打針，看打點什麼能讓我回歸正常。」我說。

我記得醫師回答：「從來沒看過人因為有母乳哭成這樣子的。」

以上，就是想告訴妳，我有多麼沒準備好當母親，人生哪裡還有什麼「正常」，充滿野性和獸性就是母親世界真正的「正常」。

在那之後，因為妳在我手裡的緣故，我開始學習養小孩的技能。由於不擅家務，我一直很擔心寶寶的生命會遭殃。因為，其實，真的有可能。

我拿出了挑戰書卷獎的氣勢學習，接著發現人有所長必有所短，而養東西，任何東西，明顯是我的短處。妳和我單獨在家的第一個晚上一直不睡覺，拚命爬起來哭，我因為很想睡覺也很害怕嬰兒的哭聲，結果哭得比妳還大聲。妳停止哭泣後，我還在嚎啕大哭，因為我終於發現眼下這事不得了，我永遠得帶著一隻嬰兒，她永遠不會放過我，我再也不能以輕盈的腳步走在路上了。

我只能說覺悟來得還真晚吶。

有些人聰明，有些人就是得花時間，媽媽我就是那種搞不清狀況到了極點的人，對自身能力的極限所在渾然不知恐釀成大禍。

為了彌補能力上的天然缺陷，養妳時我非常努力。不是很聰明或機伶，而是用水牛耕田的模式，勤奮、執著，一步一腳印。過程之中，對比現在的我，和當年一心只想漂亮的我，改變非常多，要說成了另外一個人也不為過。

這種基礎能力上的精進，心態上的成熟，還有承擔起一個新角色的責任感，是非常巨大且緩慢的轉變，然而這轉變雖然巨大卻非常私人，隱晦得幾乎看不見，是百分之一百自己的事。從少女變化成母親，彷彿毛毛蟲得在蛹裡獨自住上千百個日子，暗無天日地獨自忙碌著、痛苦著、掙扎著，把舊時的自己消滅了大半，而後蛻變，除去沉重晦暗的外殼，生成嶄新的自己。

這是非常寂寞的過程，路上只有自己一個人。

我們唯一能確定的是，走過這一遭，新的自己將和原本舊時的自己全然不同。不一樣，但真的不知道有沒有比較好。淬煉過後總帶著傷痕，足以彰顯勇敢，也足以提醒悲傷。

孩子是女人的禮物，太珍貴太美好了，我們得用一部分的自我去交換，才顯得公平。

我偶爾懷念舊時倔強的自己，想念那種可以亂說話、亂做事的任性，想起來就覺得好暢快喔。比現在三餐做飯給妳和弟弟吃爽快多了呢。

我不確定妳長大以後會不會選擇做一個母親，但以我對妳的觀察，我認為妳應該能成為一個比我更棒的母親，因為妳是如此溫柔且善解人意。無論妳的決定為何，要當一個母親，或者不要當一個母親，我想都可以，都很好，兩者不一樣，妳都會有圓滿的人生。

只是當媽媽好辛苦喔，我甚至捨不得自己的女兒以後那麼辛苦。如果妳能夠一輩子只在乎自己漂亮，無憂無慮無荷重，那該有多好啊。

不過當母親確實是深刻無比的人生體驗，如果妳選擇走一回，我祝妳幸福。

愛妳的媽媽

相愛的緣分

親愛的女兒，

有這樣一句中文「十年修得同船渡，百年修得共枕眠」。

意思是說，需要經過十年苦心修行，妳才能和眼前這個人同坐一條船渡河；需要經過一百年修行，妳才能和心愛的人同睡一張床。

什麼叫做「修行」呢？

其實「修行」是非常亞洲文化、非常佛家學問的一個動詞。以字面上來說，「修」就是「修理」的意思，調整、改善，使其進步。「行」即「行為」，延伸討論也有信仰的實踐和德行、品行的意味。加總來說，「修行」可詮釋為「改善自己的品行和行為」之意。

再加上傳統中華文化的哲學裡，在任何事物上尋求進步必得經過「千錘百鍊」，一千次捶打和一百次冶煉，所以更貼切翻譯「修行」的意思，應該是「忍受了非常痛苦的過程之後，以改善自己的品行」。

痛苦地忍耐了十年的煎熬，才能和這個人搭同一條船；一百年的煎熬，才能和心愛的人在一起。這說法想告訴我們的是，人與人的相遇，僅僅是在同樣的時間出現在同一個地方，都是很難得、很珍貴的事情，我們都要好好珍惜每一場相遇。

如果只是生命中的過客和緣分淡薄的朋友都得經過那麼嚴苛的考驗，那極親密的家人需要經過多大多大的考驗才能擁有呢？或許是千年、萬年的修行也不一定呢。或許妳為了這輩子來當我的女兒，已經在山邊當了一百年的大樹，無畏風雨挺立；也或許我為了在這輩子能擁有妳這個女兒，已經在後山破廟門口當了一千年的大石頭，風吹日晒，只求上天應允我的心願，讓我這輩子成為妳的母親。母女之間的緣分，我想用當個滿是傷痕的大石頭來換，肯定非常值得吧。

說到這裡，我突然想到妳似乎不懂「緣分」的意思。美國孩子，不懂的事情還真多呢。

「緣分」的意思是說，從命運的角度，一個人和另外一個人的人生注定交織的程度。如果兩個人很有緣分，那就表示無論這兩個人相距多麼遙遠，都會因緣際會來到同一個地方，相遇，進而相知、相惜。反之，也可能有兩個個體，彼此的緣分淺薄，那麼即便共處於同一空間之內，他們也不會產生強烈的連結，而會隨時間流逝彼此散開，彷彿未曾聚首。這一切人去人留，皆取決於兩個人之間的緣分深淺。

我著迷於「緣分」，覺得它為人世間的隨機分布掛上了一層浪漫的薄紗。如果人類生活中的來往、去的地方、遇見的人、看到的景都不是「剛好而已」，都是經過我們自身靈魂努力積累的結果，一切都有意義，一切都有指引，不是很美嗎？

同樣道理，華人用「姻緣」形容男女之間的愛情。

古老的傳說裡頭，姻緣很深的兩個人，彼此的手上綁有紅色的線，線的一頭綁著男生的手，線的另外一頭緊緊綁著女生的手。茫茫人海中，無論走到哪裡、走得多麼遙遠，因為手上繫著紅線的緣故，兩個有深刻姻緣的人，無論如何都不會走散，終究會回到彼此身邊，結為夫妻。

如此浪漫而美好的說法，是不是很令人心動呢？實在太美了，但願這古老的傳說是真的。

如果夫妻之間有紅線相繫，我想母親和孩子之間肯定也有美麗的線，把我們緊緊牽在一起吧。妳說這條線會是什麼顏色呢？我想是藍色，藍色是我最喜歡的顏色。

西方人描述寶寶的誕生時總說，寶寶的靈魂會在天堂的雲朵間往下看，看盡凡間的人生，從我們日常生活的模樣去選擇自己喜歡的媽媽，寶寶排隊輪流填志願，選好之後，蹦地一聲來到母親的肚子裡。

我必須說，這種「天堂選志願」的說法非常資本主義，即便有點溫馨也只有那麼一點點，很小一點，完全比不上華人文化「牽線說」的浪漫與美好。

我多麼希望我與妳和弟弟的相遇是上天註定，無論是誰也無法打散我們的關係，我和你們兩個的手上有看不見的長繩緊緊相繫，無論你們在天空何處、無論在人間哪裡，彼此緊緊相屬，永遠也不會分開。

這種深刻的愛絕對不是隨機的關係。我真心相信著「緣分」。

如果緣分的取得需要修行，但願我把前生的修行都給了妳、弟弟和爸爸，希望我們在今生所有時間裡，好好在一起。

愛妳的媽媽

幸福是什麼 —後語—

親愛的女兒，

如果植物的幸福是陽光、空氣和水，那女生的幸福究竟是什麼呢？

身為大人的我，以人生前輩的姿態回想幾個人生幸福的制高點，第一個我會說是收到康乃爾大學的錄取通知。雖然後來沒有選擇這所學校，但它是我收到的第一份研究所通知書。

那天之前，我剛剛經歷一段漫長而痛苦的遠征，其中充滿了自我懷疑、對世界的不了解和對未來的不確定。直至收到錄取通知那一刻，我才真正感覺自己從迷惘的深淵之中解放出來，能夠肯定自己並告訴自己：「我走的路是對的。我的努力和選擇是對的。這趟充滿孤獨和無助的旅途是有意義的。」

那一天我感覺到無與倫比的幸福，也夾雜了同等重量的痛苦、寂寞與孤獨。即便如此，來自於我本身努力得來的幸福，依然綻放璀璨光芒。

下一回合的幸福來自和爸爸的戀情。

即便是一份真正的愛情，我必須說，這份感情帶給我的感受依然並非單純的快樂而已。爸爸是個複雜的個體，他不是一個可以簡單相處的男生，和他在一起會覺得開心、有趣、充實，同時也會覺得疲憊、無助和迷惘。這份張力太強的關係讓人不得不一再審視自己、審視他、檢討彼此的相處到底有沒有必要。

但我是不是愛他呢？我是。我一邊覺得好累，一邊又愛著他，又繼續覺得好累。

即使是婚禮當天，這種一般女生都欣喜若狂的日子，我想嫁給他，同時又懷疑自己這麼做到底對不對？這份關乎終身幸福的感覺，依然夾雜很多難以言喻的情緒。

接著妳出生，下凡來到我們身邊。

妳是我的第一個孩子。我看著懷裡圓潤白嫩的寶寶，不敢相信自己從此以後將成為一位母親。我真切感覺到生命的可貴，同時認知生命的脆弱。我到底該怎麼做才能把母親的角色扮演到最好？我必須讓出多少原始的自我，用多少時間和空間堅壁清野去成為一個理想中的母親，我才不會對不起自己、對不起妳？

成為母親後，所有情緒都會放大，所有願望都會縮小。我開始學會如何只希望睡飽、只期待健康，在為人母親這座寂寞的島嶼上，讓你們對我的愛，如海水般將我緊緊包圍。然而幸福假如如此徹底單純起來，仍不如想像中容易，度過無數無眠夜晚之後，流下又一次辛酸眼淚之前，我依然會問自己是誰，我還是不是我自己。

我們一家人於 Covid 疫情後前往丹麥旅遊，還記得準備搭機返美那天早上，因為時間有限，無法去太遠的地方，我和弟弟決定把握最後的時間去鄰近的羅森堡花園走走。那座花園擁有無可比擬的美麗。在那晴朗的六月天裡，我們走過一條綠蔭小道，出現了大片綠油油的草皮，草皮上成群學生三三兩兩坐著，很明顯在做功課，旁邊也有在運動的孩子。草皮另一頭有座給小小孩玩耍的遊樂區，弟弟飛也似跑了過去，開始快樂玩耍。

我坐在遊樂區旁的長椅上看著無憂無慮的孩子們，看著弟弟的笑容、哥本哈根當地小朋友的笑容和一旁同樣坐在長椅上大人的笑容，當下腦海冒出一個念頭：「這就是天堂的模樣吧。」

我真心這麼想。

我能夠和我的先生一起帶著可愛的孩子遠渡重洋來到丹麥，坐在這裡感覺陽光和煦、空氣清新，聽見鳥叫，聞到花香，那天我手裡的咖啡味道很棒，眼前的景色很美，我的孩子玩得盡興，我們坐在這裡感覺很安全。那一刻，我真切體會到幸福的滋味，那種幸福是簡單的，是純淨透明、不加矯飾的，是世界上僅有我那麼一個人知道且能恆久品嘗的幸福。

這一回合，幸福很單軌，沒有夾雜任何複雜而多重的感受。原來這樣等級的平靜無波是可能的，我感覺自己已經長大了。

或許幸福有很多模樣，在生命不同階段有各種呈現，只有當下我們的生命準備好了，我們才能體察到屬於那個時刻、那種狀態專有的幸福。

我一直覺得女人的生命是流動的，我們見過的光影、吹過的風和感覺過的熱力全部都會沉澱在我們的生命裡，改變我們對幸福的看法與體驗。如果我們在每一天裡，都很努力去做自己喜歡的事情，都盡量和自己喜歡的人在一起，過得豐富且充實，行有餘力的時候小小逼自己上進點、努力點，讓自己在舒適圈的末端待一下，體驗各種未曾嘗試的活動，去遙遠的國度旅行，說YES多過說NO，讓自己的靈魂適時起飛，讓自己的身體適當休息，好好滋養自己，我想如此一來，便能順利生活在幸福裡了吧。

希望妳能擁有美好的人生，祝一切順利。

是媽媽也是Michelle

Story 90

機智幸福小指南：如何悠游世間深海，讓人生優雅綻放！

作　　者—Michelle Lin
責任編輯—陳詠瑜
行銷企畫—林欣梅
封面設計—F E 工作室
內頁設計—張靜怡

總 編 輯—胡金倫
董 事 長—趙政岷
出 版 者—時報文化出版企業股份有限公司
一〇八〇一九臺北市和平西路三段二四〇號三樓
發行專線—（〇二）二三〇六—六八四二
讀者服務專線—〇八〇〇—二三一—七〇五
（〇二）二三〇四—七一〇三
讀者服務傳真—（〇二）二三〇四—六八五八
郵撥—一九三四四七二四時報文化出版公司
信箱—一〇八九九臺北華江橋郵局第九十九信箱
時報悅讀網—http://www.readingtimes.com.tw
電子郵件信箱—newstudy@readingtimes.com.tw
時報出版愛讀者粉絲團—https://www.facebook.com/readingtimes.2
法律顧問—理律法律事務所　陳長文律師、李念祖律師
印　　刷—家佑印刷有限公司
初版一刷—二〇二四年六月二十八日
初版二刷—二〇二四年八月二十七日
定　　價—新臺幣三六〇元
（缺頁或破損的書，請寄回更換）

時報文化出版公司成立於一九七五年，
一九九九年股票上櫃公開發行，二〇〇八年脫離中時集團非屬旺中，
以「尊重智慧與創意的文化事業」為信念。

機智幸福小指南：如何悠游世間深海，讓人生優雅綻放！／Michelle Lin 著 . -- 初版 . -- 臺北市：時報文化出版企業股份有限公司，2024.06
320 面；14.8×21 公分 . --（Story；90）
ISBN 978-626-396-405-1（平裝）

863.55　　113007989

ISBN 978-626-396-405-1
Printed in Taiwan

我希望妳在過程中「不要把話說死」。意思是說，希望妳給自己的愛情和人生足夠的彈性，讓自己擁有後退或轉身的空間，一再保留反覆思量的能力，於是妳才能優雅地成長。

最終，我們都得走回靈魂中最純粹、最誠實、最未經矯飾的那一個自己才會幸福。

不是為了彌補心靈傷口而存在的戀情，而是午夜夢迴都覺得舒服、很簡單的那一個才是最佳依歸。真正的幸福、真正的愛，都是簡單的。舒服得像周日早晨灑落的陽光般的戀情，希望妳能一輩子擁有。

愛妳的媽媽

帥氣的失戀

親愛的女兒，

前一封信提到我曾經有過的愛情，不如我們繼續說下去。

我正式的初戀發生於大學一年級，剛離開家、剛開始探索世界的時候。在此之前，我就讀一所女子高中。高中生活有許多煩惱、忙碌和學習，但沒有一項和男生有關，因此我可以誠實地說，上大學前，我對於怎麼和男生相處一無所知。

如此情況之下，我念了一所幾乎沒有女生的大學，每天進出工學院系館女廁還得自己開燈，生活的生態差異巨大，其實滿荒唐好笑的，讓我跌跌撞撞地努力適應新生活。或許當時身旁其他同學覺得我天性開朗，交朋友沒問題，但我自己內心很清楚，我老是不知道該怎麼說話、如何應對才能給人「混得很好」的感覺，為此深感苦惱。

就在這時，我喜歡上了一個男生。

誠如先前說過的，他來自首都，是個生活在台灣流行文化核心區域的男生，活潑、開朗、會說話，和土氣又笨拙的我完全不一樣，散發著截然不同的氣質。他的穿著不是我喜歡的品味，談吐似乎不夠書卷氣，但說實在的我又懂什麼，只是個連微風廣場都沒逛過幾次的鄉下書呆子。這樣的我，並不真的相信自己的判斷力。反之，我喜歡他的模樣，非常渴望能夠得到台北男生的認同。我想當時的我把這份渴望表現了出來，毫無保留地。

「讚美我吧，肯定我吧，說我漂亮吧。」我在內心大聲呼喊。

可是怎麼著，似乎沒得到我想要的回應。

我喜歡的那個男生，不如我想要的那麼喜歡我。

對大學女生而言，這是很大的問題，而當時的我並不懂得如何「解決」。首先，那個年齡的我不懂得如何討男生喜歡。其實好像也不懂如何討女生喜歡，我猜女生們也都不太喜歡我。那倒無所謂，當時的我眼裡只有我喜歡的那個男生，我只要他一個人喜歡我，那就足夠了。

我和那個男生經常並肩漫步校園，偶爾牽手。我們長時間說話，約在某個地方見面，但他除了說過我某一雙球鞋很醜之外，從未給過我竭力追求的肯定，甚至在海邊散步的某一晚，他也說不出喜歡我。

即便再不懂讀空氣，接收不了人與人之間無形的訊號，事已至此我也明白，他就是沒那麼喜歡我。

我喜歡他，他不喜歡我。

大家都發現了，我也發現了，怎麼辦有點傷人。

台灣文化裡，如果女生主動表現出比較喜歡對方的樣子，可說是某種有點丟臉的狀態，大家若拿妳開玩笑是完全符合文化標準與風土民情的。在台灣，女生的被動是個人價值的表現，因此我的喜歡，加上我的被拒絕，非常丟臉。

於是我傷心了一陣子，和我當時最好的朋友做出一系列不堪回首的失戀傻事，闖了各種又蠢又瘋又好笑的禍。某一天起床，我突然頓悟！

「他不喜歡我，就算了。」我突然這麼想。

彷彿天堂灑下一道明光，莫名其妙突然明瞭這一切和我的自尊好像沒什麼關係，不喜歡我那就不喜歡，我再喜歡別人不就行了嗎？我總還能喜歡上別的人吧。要知道，我就讀的是理工大學的工學院，系上我們這年級有五個女生，一百個男生。

一百個男生。

我們系的大學部有四個年級，工學院有數個系，工學院之外有電資學院和理學院，統統都是男人窩，總共到底有多少男生我還得拿計算機出來才有辦法算。男生的數量基本上拿來建立一支軍隊應該都足夠了，假如我出面統御他們，攻下新竹市政府指日可待，到底為什麼為區區一個小男生傷心呢？難道不是因為我涉世未深，搞不清楚狀況才難過嗎？我選妃都來不及到底在哭什麼？

想通的那一秒開始，我對自己說：「就這樣吧。」

語畢立馬開始正常生活，把我的精神專注在功課上，日子過得風生水起相當充實。我就是這樣的女生。如果我的愛情已經抵達了它能抵達的極限，那麼它就已經到了，無論我個人意願為何，這份愛情已經是完成形，那樣的話，我能接受。接受之後，我便放下。

今年的我已經四十歲了，時光飛逝，好不可思議。

現在回頭看以往的戀情，我覺得自己表現得非常好。當時的我，表現得就是「非常我」的做法，而那個男生，就是做他自己。我們各自對自己無比忠實，誠實地展現成長過程中的迷惘和無助。某方面來說，這份誠實是對彼此最大的尊重，也是能夠呈現給對方最好的狀態。

我在第一時間遭受拒絕，因此備感受傷。現在回看，覺得被拒絕真是很美的事情。缺陷才唯美，不順利的戀愛才是最完美的那場戀愛呀。因為被拒絕，我才有機會目睹自己的傷心難過，以及轉頭而去時帥到不行的背影，因而更了解自己是怎麼樣的人，並且明白了自己性格中乾脆俐落的一面。

我是一個允許自己愛上別人的人，也是一個勇於讓故事在身上展開的人。

我渴望愛情，卻也接受愛情帶來的瑕疵與不完美。我欣賞不完美帶給我的感受。

希望這樣的我，能在女兒妳心中成為一個不錯的女人模板。等妳長大，開始品味愛情的成與敗時，我的故事若能陪伴妳度過快樂的白天和鬱悶的夜晚，那就好了。

愛妳的媽媽

昨夜下了雨

親愛的女兒，

波特蘭入秋了，不僅白天灰濛濛的，夜晚還常下起傾盆大雨，發出巨大的聲響。大自然的聲音有時候聽起來很適合躲進被窩睡覺，有時候卻讓人莫名害怕起來，不同的反應完全取決於今天我在哪裡、和誰在一起。

大學時代我住在學校的女生宿舍，因為一個房間住了四個女生，所以根本不會有孤單寂寞的感覺。假如某天晚上有人回家，房內只剩兩個人，反倒覺得鬆了口氣，暫時從無止境的擁擠中解放出來。這種夜晚如果來了場大雨，炙熱的空氣冷卻下來，白天的喧囂暫時平靜，整座城市被大雨按下了暫時停止鍵，大家原地不動，終於開始呼吸，便會聞到來自遠方潮溼而乾淨的味道，置身室內，感官卻能察覺室外的氣息。

當然，台灣的生活離大自然、山川、湖泊等等非常遙遠，地球原貌幾乎可說是想像中才存在之物，但在夜裡，帶雨的風吹來，將它們全都帶到了我身邊，給我很大的平靜。所以我住在台灣時最愛晚上下雨，但願天天能有澎湃的夜雨，那該多好。

昨夜的雨卻驚醒了我。

我從深沉的夢中醒來，迷迷糊糊地豎起耳朵聽，到底是哪來的聲音？是闖空門嗎？我們明明有保全系統。是妳或弟弟起床嗎？但這不是哭泣的聲響。啊……原來窗外下雨了。就只是下雨而已，曾幾何時我最喜歡的，夜半的大雨。

夜晚的雨聲從迷人轉變為嚇人，是我搬來美國、當了媽媽之後的事情。印象最深的是我們還住在山頂上的房子時那個風雨交加的夜晚。那天夜裡家裡只有我和妳兩個人，妳年紀很小，還睡在我們床邊的小床裡。爸爸出差兩個禮拜，每每入夜，我總感覺我們家的房子太大了，風能從窗戶的縫隙吹進來，在整間屋子裡吹一圈似的，相當冷清，無論如何都熱不起來，讓我懷念住在公寓大樓的日子。

因為房子在山頂上，房子後方是一片平坦的草地，每當風吹來，我能感覺到房子的震顫。雖然心裡清楚知道風吹房子並不會怎麼樣，我和妳睡在屋內很安全，卻也清楚聽見風雨呼嘯大地，遠方的咆哮聲響迅速靠近時房子震動了一下，接著聽見風聲在屋內的通風道流竄，把我倆包圍在房間裡。

如此時刻，我開始討厭夜半下雨，風聲和雨聲交織讓我擔心，也讓我產生強烈的孤單，經常無法入睡。然而，妳是我的雨天解藥，我會把妳從小床抱出來，讓妳睡在我身旁，親親妳的臉頰，聞聞妳的髮香。不知道為什麼，妳的氣味總能讓我平靜下來，順利睡著。這樣看來，小小的妳守護著我，在所有孤單的下雨的夜裡。

爸爸在家的夜裡，則是截然不同的風景。

只要家裡有爸爸在，我又恢復成了喜愛夜雨的我。外頭下著大雨，我點上妳最喜歡的那盞小夜燈，把妳和弟弟兩人塞進溫暖的被窩，再三確認你們的舒適之後，我會轉身下樓，和爸爸兩個人窩在沙發上，蓋著被子看電視。此時的家會有一種水濂洞的感覺，窗戶的玻璃上泛著一層薄霧，家裡洋溢著溫暖甜膩的味道，分外幸福。

爸爸給我的安心感太過了有時也成為一個問題。在芝加哥時有一回夜晚雷雨交加，窗外打雷又閃電，我們卻一點警覺也沒有，一心想著今晚怎麼沒有好看的電影，一次也未曾確認過天氣的消息。沒想到不一會兒全市街道警鈴大作，原來是龍捲風來襲，並在鄰近不遠處碰觸了地面、毀損了住宅區。

我和爸爸終於真正害怕起來，我們跑上樓叫醒你倆，我一手抱了弟弟和弟弟的被子，一手牽著妳，一刻不停留地衝往地下室。走得太匆忙什麼也沒拿，爸爸只好冒著危險再度上樓幫大家拿了被子、手電筒、飲水和鞋子，他反覆上下樓直到被我攔下。聽見窗外狂風暴雨，感覺牆壁不止息的震顫，我懷裡的妳害怕得發抖，讓人相當捨不得。

我抱著妳、抱著弟弟，旁邊躺了爸爸，雖然很擔心、很憂慮，可是有你們在身邊，我感覺我的擔心之中長出了堅強，並不真的非常害怕，反倒有種「該怎樣就怎樣」的豁達。關於這種意念的生成，我覺得相當神奇，自己也不明白為什麼，但無比確信是因為身邊有你們、有爸爸，我才會這麼想。

擁有摯愛的家人確實能給予力量，當然也能給予幸福——這點倒不需要多說。爸爸在身邊時，我很有安全感，心裡覺得平靜，身體也堅強很多，大概是因為我清楚知道，有事沒事他總會幫我注意，他只要在，就會照顧我。

我希望妳也能體會這份平靜的感受，所以很希望妳也能擁有像爸爸一樣，無時無刻帶給妳安全感的另一半。

這麼說好像有點難辦到，因為年紀小的時候，談戀愛都是有點瘋狂的，都是充滿新鮮、興奮，血液中流淌熱力那樣的情感。世上哪來平靜的愛情？又不是老人院交誼廳。

我的意思是說，在熱力四射的愛情表面之下，兩個人的相處應該要很容易，彷彿機關落入正確的卡榫，自然而然、輕輕鬆鬆，那麼妳就能感覺到我所描述的那種平靜。如果你遇見的人在甜蜜的愛情之外還帶給你很多煩心，在同樣的問題上一吵再吵、毫無解脫，或有個人無法根治的毛病一再困擾著妳，這種感情便沒有「平靜」，也就不可能有長遠的幸福。

幸福所表現出來的形式，肯定是簡單的，只有簡單才能有幸福。

寶貝，我希望妳幸福。媽咪會在我能力所及的範圍之內守護著妳，盡力讓妳過上簡單幸福的生活。等妳長大以後，要發揮妳的聰明才智，替自己選擇一個能延續這份簡單幸福的伴侶，繼續過著美滿的日子。在每一個下著雨的夜裡，溫暖安全。

愛妳的媽咪

怎麼知道他是不是對的人？

親愛的女兒，

如何知道眼前的人是不是對的人呢？

想知道這個人「對不對」，妳必須先知道自己要讓他幹嘛。好比今天我們想請數學家教來教妳數學，如果對方條理清晰、熟知教學內容，個性又合拍，他就是一個「對的人」；如果今天我們想找私人廚師，有人做菜好吃又健康，便也是「對的人」；如果今天我們家誠徵保鑣，雄壯威武、足智多謀的人很可能就是對的人。

以上舉例都有很明顯的社會需求，因而能夠簡單清楚地反問自己的需求是否有被滿足，也就知道對方是不是「對的人」。那麼戀人呢？戀人的功能或說職責，到底是什麼才能被歸類為一個好戀人呢？我們是為了什麼才和對方在一起？

我想每個人在不同的年齡階段對於感情有不一樣的需求，自身具備的能力值也大不相同，所以很難給出一個簡單明瞭的答案，讓小女生們在茫茫人海中找尋某些特定條件的戀人，並聲稱那樣的戀人就是幸福人生的正解。

討論感情，我認為把心智年齡、人生階段一併納入討論才恰當。

青少年時期談戀愛，事情很單純，我們要的就是戀愛的甜蜜，要幸福快樂、天天晴空萬里的感覺。把這目標當作行事準則，談起戀愛會順利許多。

只可惜在那個年紀，要做到「快樂幸福在一起」很困難，因為大家剛長大，剛長腦子，剛開始識別男生和女生。仍在適應新身分的狀態下，首次品嘗青少年社會中嶄新的情感，這份情感之強烈和陌生，大家往往不知道如何駕馭它，處理得亂七八糟相當正常，三更半夜鬼哭神號同樣正常，不知道自己到底在做什麼更是每個人必經的成長經驗。

我們在這段時期竭盡心力享受青春與愛情，奮不顧身去擁抱，義無反顧去思念，過程中肯定有許多做錯的地方，很多的狼狽和愚蠢，但是沒關係，一切都是將來美好的人生回憶。無論如何別忘記，談戀愛要得到甜蜜的幸福，伴隨甜蜜幸福的則是無庸置疑的安全感、自然而然的相互尊重，以及正向樂觀的相互照顧，有了這些基本元素，才算是一場好的戀情，眼前的人才是「對的人」。

老實說，這年紀談的戀愛十之八九會分手，可即便分手，也不是一種失敗。戀愛如同人生，它是個過程，所有珍貴之處都在旅途當中，而不在終點。我們在過程中必須感覺極佳、相當愉快，覺得自己走這一遭獲得美好的回憶和學會新技能，好比怎麼說話戀人比較聽得懂、如何溝通相處得更融洽、怎樣能讓對方自動洗碗等等，全部都是人類社會生存技巧。與此同時，每場戀情都是一個無限往返的行為修正迴圈，不停試錯與改正，讓我們成為一個更好的情人。

等到年紀稍長，我們逐漸在戀愛裡進一步認識自己，明白自己是怎麼樣的人，對戀愛對象有更具體的想像之後，我們進入了尋覓終身伴侶的階段。

基本上呢，理想的另一半大致隨著每個人腦海中理想生活的模樣而有所不同。每個人要的不一樣嘛，有些人最重視生活樂趣，喜歡出去玩，她的理想對象就不會是沉浸於工作的事業心男生；如果另一個女生重視財務穩定，喜歡仰望另一半的野心，剛剛那位事業心男生就很適合她。

要找到適合自己的另一半，首先要了解自己對生活的要求，想過怎樣的日子。這份念想無疑必須要實際，千萬不要前天晚上看了韓劇，隔天起床就要求外型一百分，既霸道又溫柔的總裁。世界上哪來這種總裁呀？如今資訊流通透明，世界上最成功的企業總裁基本上都是公眾人物，我們不妨上網看看，現在檯面上的總裁沒一個長得韓劇的樣子。我們得先實際，才有可能成功嘛。

這時期的「對的人」目標轉變為能與妳建築幸福的婚姻生活。除了吻合妳對理想生活的看法之外，大人的世界要能順利運行有其基本要素，而我想在那個準備成家的年齡裡，妳應該已經具備了基本要素的識別能力。

這意思是說，妳應該早已知道成年人每月必須繳房租，每年得繳所得稅，得面對職場競爭、生理變化，得關心原生家庭，或許生個小孩等等，戀愛與否，婚姻與否，這些所謂「人生瑣事」都將是未來不變的存在，所以另一半最好對這些無聊的、累人的大人的未來有所幫助，而不是大大扣分，妳以後的日子才會過得順心。

過程之中的判斷基準說穿了也沒那麼困難，總之是要屏除戀愛腦，開啟普通腦來思考。

在妳沒有和他談戀愛的情況下，對方是個怎麼樣的人？是不是好人？會不會準時上班？會不會滿地掉餅乾屑？會不會逾期繳交停車費？會不會欺負打掃阿姨？會不會用體香劑？會不會搶銀行？會不會偷大谷翔平的錢？如果他會偷大谷翔平的錢，平常又不用體香劑的話，就算脖子以上是金城武好了，這人也不能嫁。違反做人基本道義，再怎麼英俊，對妳而言，未來也只會是個行走的大麻煩罷了。

時常聽見大學女生討論男生的外貌和身高，但妳幾乎不會聽見已婚婦女以外貌和身高描繪理想老公的模樣。大家稱讚誰家老公最完美時，往往都是愛家、愛孩子、有責任心、經濟狀況好，而這現象無疑表示，那些全是幸福家庭的基本元素。

優質的男生，所謂「對的人」，和優質的女生一樣，非常搶手。妳喜歡的人，很可能大家都喜歡，這時我們就要用YA電影主角的台詞問自己：「我為這段感情貢獻了什麼？」（What do I bring to the relationship?）

好的婚姻、一段健康的感情，即便主角不變，它仍應該如同活水，是動態的、是不停對外交流的，是兩個人並肩把各自接觸到的美好事物帶回家與摯愛分享。要長期擁有幸福的關係，我們自身要先豐富起來，要有墨水、有歡笑，能為彼此注入源源不絕的能量。

我們想得到多少，就得有同等的付出，獲得幸福的同時一併給予。自己的幸福不能賴給「對的人」，不然再棒、再優質的人也會因為我們單方面的索取而枯萎。

最棒的狀況是找到一個對的人，然後讓對的人從我們這裡得到快樂與幸福，那麼兩個人的幸福才能長長久久。

媽媽

真正的婚姻是 partnership

親愛的女兒，

上星期冰風暴來襲，家裡在清晨停了電，我們本來以為會很快恢復，等了又等，直到窗外天色漸深，電力仍然遲未恢復。現在可是超級冷的大冬天呢，外頭溫度攝氏零下十度，天寒地凍，家裡沒了電、沒了暖氣，室內溫度隨時間推移逐漸下降。到了上床睡覺時，臥室已經變得非常寒冷，我讓妳和弟弟穿著厚重的毛衣，蓋上一層又一層被子，希望你們不要凍著。

在這樣的夜晚，牽掛孩子的母親是很難入睡的。深夜裡我反覆醒來，檢查你們的被子、注意你們的體溫，終於再也坐不住，天還沒亮就起身用電池把樓下的壁爐升起了火，也用瓦斯爐煮了白米飯。成品有點溼答答的，實在不怎麼好吃，但總是熱飯嘛，零下的氣溫裡還能吃點熱飯，對溫熱身體總是很大的幫助。

在我忙碌守護你倆的同時，我的先生，你們的爸爸也主動起床了。他同樣因為擔心冰風暴災害擴大而無法入睡。清晨即起的他在老婆忙碌時負起照顧家庭的責任，第一時間主動聯絡了距離我們最近也最適合我們待著的旅館，直接訂了三個晚上的房間。掛上電話，告訴我有溫暖地方可以去之後，他穿上衣服直接去外頭剷雪。要能把車子開出去，把家人順利送達旅館，你得先有一條路。

剷雪是艱辛的，他頭也不回地主動去做了。

同時間，得知即將出發前往旅館後，我安置好妳和弟弟，馬上開始為遷徙做準備，打包各種禦寒的衣物、準備可能被大雪困在旅館時可以吃的東西，甚至連可能意外被困在大雪路上動彈不得時需要用的東西都一一備妥。

我和爸爸，我們是運作得天衣無縫的團隊。

真正婚姻生活的模樣，其實就是妳每天每天看到的，我和爸爸生活的樣子。

這是千千萬萬情侶，通過愛情考驗後會抵達的地方。真正的婚姻，是 partnership，是雙方相互合作的夥伴關係。妳會希望妳的伴侶具有美國文化裡常說的「will and skill」，意願和能力。維繫關係的意願愈高，處事能力愈好，愈是理想的另一半。

一個比較清晰的挑選準則就是以妳的爸爸為標準，尋覓一個各方面都比他優異的人選，那麼成功機率就會比較高。

比如以人品來說，爸爸是個超級守法的人。就算政府現在宣布從今以後沒有法律了，我想他應該還是會堅守原則，視黃線為無物，一輩子只停白線。法律之外，爸爸嚴守來自亞洲的道德觀念，一般台灣社會不認同的行為，爸爸都不可能去做，是個非常嚴謹的人。雖然這些妳聽來可能非常無聊，似乎不是什麼太重要的事情，但良好的品德對婚姻的影響其實遠比妳現在想像的來得更深遠。請務必挑選一個和爸爸一樣品行良好的人吧。

另外，工作能力很重要。能力和成績單、學經歷並不完全畫上等號，名牌大學畢業生的工作能力不見得就是最好，但以比例來說，常春藤盟校畢業生的能力有比較大的機率比較好。這純粹是機率問題。我個人自私地希望妳將來的另一半學歷至少在爸爸之上，因為我覺得這也不是什麼太高的要求，而是完全達得到的標準。達到這狀似膚淺的要求之後，我們再討論其他的。

實質的工作能力則不容易評估，關乎妳個人對於人類優秀與否的判定是否精準。好比我成績單上的數字比爸爸好看許多，但他在現實世界的工作能力卻遠遠超過了我。這一點一般人能夠輕易看得出來嗎？好像可以，卻又不那麼確定，對吧？事實上，識別能力是一種品味的表現。希望妳隨著年紀的增長能夠逐漸培養這種品味，除了辨識未來的另一半，用來辨識同事和朋友也很實用。

再者，他要願意和你分享他的人生。夫妻關係很大程度幾乎可用「生命共同體」來比喻。要能把生命共同體一起培養好，不分你我的大方付出，毫無私心的齊心努力，「你照顧我，我也照顧你」這樣彼此不設防的相親相愛，終究才是最理想的狀態。因此呢，一開始就不要選擇太小氣、太自私、太自我中心的男生，選個比爸爸對妳更大方的人，或至少和爸爸打成平手，才是對的。

關於分享人生，除了金錢、物質這些方面，爸爸和我確實分享人生的一切。在工作上發生了什麼事情，開心的也好、痛苦的也好，他第一時間都想跑回家跟我說。在外頭吃到好吃的餐廳、看到漂亮的衣服，他都想馬上和我分享。對於未來人生走向的規劃，我們也是一塊兒討論，一起想方設法讓我們的小家可以進步。這是我說的「分享」，絕對不是你過你的日子，你追你的劇、上你的班如此單線行動，必須是兩個人的走向、兩個人的心靈緊密交織，才有益於婚姻的經營。

最後也最重要的一點是，找個愛妳，妳也愛的人。能夠天天在一起，相處愉快的人。我和爸爸偶爾有爭執，他有很多我討厭的特質，我想我也不是什麼多好相處的伴侶，但即便細部摩擦如此，我們仍有許多共同的興趣，有相似的品味，有大方向近乎一致的價值觀，所以我們相處愉快。妳能夠，也應該要，找一個相處起來輕鬆愉快，能讓妳自然而然做自己的人。在一起時，未經矯飾的自己突然快樂地冒出來的那一種，最是理想。

人生苦短，真的是又辛苦又短，如果可以的話，我們會希望能把有限的時間都花在摯愛的人身上，把人生消耗在無限的愛意之中，美麗地過日子。

我和爸爸由衷祝福妳擁有美好的婚姻生活，希望妳能一直無憂無慮，不懂人間疾苦。

當然，如果妳選擇維持單身，那也很好，不同選擇相等幸福，依然能夠快樂美麗的生活下去。

希望妳一切順利喔。

永遠愛妳的媽媽，另外還有爸爸

「有禮貌」的婚姻

親愛的女兒，

每回大人聚會，只要有人提到媽媽我，妳的爸爸，也就是我的老公，都會不停稱讚老婆的好，反覆述說婚姻生活的美妙，婚姻如何讓一個世界原本灰暗的男人，脫胎換骨宛若新生。

倘若席間有人問起我倆的相遇，除了提到我們是同學之外，他一定會把話題繞到十萬八千里外，讚美老婆的聰明才智，強調我們兩個人之間比較聰明的是我，他僅是個資質平庸的學生而已。老婆是那顆才華洋溢的閃亮之星，耀眼出眾，屈尊下凡和他交往。

雖然他說的是事實沒錯，不過我的才智不是今天的重點。

我想點出的是爸爸這一系列行為、他說的這些話，就是人間廣為流傳的「求生欲」。

顧名思義，「求生欲」的意思是一個人面臨生存危機的關鍵時刻所展現的、想活下去的欲望，進而選擇謹慎做事，小心回話，如履薄冰，如臨深淵。

婚姻生活中，伴老婆如同伴皇帝，想要不被殺頭，在爾虞我詐的宮廷裡長久平安，除了需要謹慎與毅力，還需要臨危不亂的格局和討人喜歡的源源不絕小敏銳，以呈現機智的婚姻生活。以上這些，妳的爸爸、我的老公，很努力在做。這也是他一年出差四、五個月卻到現在還沒被離婚的真正理由之一。

爸爸是個嘴甜的男人。即便他現在被普丁綁架，一路拖行到深山而且沿路留下血痕，丟到電椅上，他仍然不會說出內心深處有多討厭我那些改不掉的缺點。再怎麼深惡痛絕、再怎麼看不慣，在電椅上口吐白沫之後，他也不會向普丁吐露真相。

這份堅毅與決絕的背後，其實是在沒有離婚打算的背景下，對伴侶深刻的尊重與關懷，也可說是一個人對另一個人尚存的禮貌。經過十幾年的相處之後還有禮貌，這婚姻不可謂不豐盈啊。

或許在小女孩如妳的眼裡看來，自己的媽媽用「禮貌」形容婚姻的美好，是很可怕的事情。

青春美麗的年紀裡，一樁美好的婚姻該具備的是浪漫迷人的生活，是每年去巴黎塞納河畔散步，是兩個人一起在紐約的公寓醒來，床邊有著咖啡拿鐵，今天沒有什麼特別的地方要去，所以夫妻倆手牽手去中央公園溜冰。這樣子才叫「美好的婚姻生活」嘛，有禮貌算什麼？又不是討論好寶寶獎章。

可是寶貝，妳腦海想的那些，散步、溜冰、小島度假，我和爸爸都能輕易做到，大部分也已經做過一百五十八點三六五次了呢。場景中的主角如果長得一副爸爸媽媽的樣子，那便再也浪漫不起來了。妳要是這麼想的話，那是赤裸裸的歧視 Okay？我和爸爸的長相或許不符合妳腦海中浪漫愛情的標準，但我們的關係確實禁得起無論是瑪黑派還是南青山派的嚴峻考驗。

然而，儘管身處美好的婚姻，我仍然懷念單身時代那種談戀愛的感覺，懷念剛剛認識一個人時那種既期待又有點徬徨的感受。曖昧最美，這是真話。

那些戀愛初期帶來的浪漫情懷，是蒙上一層賀爾蒙薄紗後的體驗，妳會覺得新鮮刺激、充滿活力，同時感受這股前所未有的甜蜜正把妳的人生推進到一個嶄新的階段。經由戀愛，就算過程笨拙、生疏，妳都會感覺自己在成為一個女人，模樣逐漸開始像個女人，腦海裡想的、眉宇間體會到的，都開始有大女生的氛圍，終於妳會想「當女生真是很幸福的事啊」。

我愛戀愛，曖昧最美。未來有天妳戀愛了，請好好享受戀愛的感覺，也請務必和我分享妳的故事。

所有的情侶在情感建立的最初，都想好好過的。沒有人在關係一開始就預設兩個人要爭吵、要糾結、要相互創痛。事實是，能夠真正走到最後的情侶少之又少，絕大多數都只是彼此人生中的一個頁面而已，隨著時間推移就這麼翻了過去。

人生很長，沒有一個人能和另一個人真的合而為一；所有的前行都僅是相伴而走。倘若前行的路上出現了分岔，例如隨著年齡增長或所處專業環境的改變，人改變了，腦袋裡想的事情也可能出現變化，那麼此時此刻，兩個人的感情很有可能會和以往不同。

又或者，不是行走的路變了，而是走在路上的前進速率不一樣，有時候速度差太多，走著走著，一個人能看見的風景，另一個人怎樣都看不見，這時兩個人的對話便再難產生共鳴，想法也難再有交集，如此情況之下，關係肯定也會生變。

更常見的狀態是，兩個人走著走著開始覺得無聊了，日復一日，路上再沒什麼新奇的事情。這段夥伴關係其實沒什麼意思，但也不討厭，就是過日子而已。兩人不再像以往那麼在乎彼此的感受，而是比較隨便地對待對方，想說什麼、想做什麼，都不必把對方放在心上，想去哪裡做點什麼事情，只管去，反正去了再回來，原地還有人，什麼都不會變化。這種「反正不會怎麼樣」的心情逐漸滲透關係時，不再在乎也不再期待，走著走著也變得粗魯，失去了往日以禮相待的習慣。

又或者，同行的人貪玩，沒有為什麼他就是不想跟妳一起走了。他在路上看見了一些似乎更好玩、更有趣味的朋友，打算放棄這段並肩同行的夥伴關係，打破承諾轉身離去。在現實世界中，這也是可能會發生的狀況。

經營一段長遠的關係非常困難。

比妳現在手裡最難的功課還要難上一百倍。不可控制的外部因素實在太多，歲月又實在太長，困難重重。

可是，高難度的事往往也能帶來高報酬。如果能把妳未來的婚姻關係經營好，那絕對是人生莫大的幸福，是媽媽我最希望見到妳擁有的事情。如果我能看見妳日日活在美滿的婚姻之中，那我真的是再無所求，太開心了。

正因如此，在能掌握的因素那麼少的情況之下，我們能做的、主動的選擇就顯得更加重要。在感情的路上和伴侶的選擇上，應該注意哪些因子呢？有哪些先決條件一定得吻合才能往幸福婚姻的方向去呢？

我想條件多少是有的。關於這些條件，我在下一封信向妳說明。

今晚我要提醒我的寶貝女兒，妳是我和爸爸的珍貴寶物。我們愛妳、珍惜妳，希望妳能得到幸福美滿的婚姻生活。在那一切來臨之前，我們會緊緊守護妳喔。

深深愛著妳的媽媽和爸爸

近乎完美的另一半

親愛的女兒，

日前我隨手把川本三郎先生寫的《現在，依然想念妳》放在家裡的交通樞紐上，經常翻看，吃早餐時翻翻、吃晚餐時也翻翻，每次一翻開便不小心哭得一把鼻涕一把眼淚，看上去有點好笑。

這是一本回憶亡妻的書。作者的夫人因病在年紀尚輕時就過世，他們夫妻感情和睦，做什麼都在一起，因此在夫人離去之後，作者花了很長一段時間療癒自我，努力建立新版本的生活。撰寫，可說是作者修復自我的療程之一。

書的內容其實全是一些生活中的小事情，浮光掠影般的生活片段。可是對家人而言，相處在一起的時光就是這個模樣，都不是什麼偉人之事，在我們的生命中卻閃爍比偉人更偉大的光芒。全都是愛的力量。

身為讀者，有作家願意把那麼私人的影像、那麼深切的情感，揭開簾幕與我們分享，我感覺自己無論如何都要以端正的態度閱讀，彷彿用雙手捧著似地，有禮貌地接收。

每次隨手翻閱都會掉眼淚，我想是因為強烈自我投射的緣故吧。我和爸爸認識的時候仍是孩子，只是學生而已，相識、相愛，在那之後共同度過了很多艱辛、痛苦，甚至還有可用悲愴來形容的時刻，當然更多的是幸福快樂，像是生了妳和弟弟，共同養育你們、教訓你們，看著你們成長茁壯，許多既珍貴又難忘的時刻，在在都成了我倆共有的人生，都值得好好珍藏起來。

想像有一天，和我跟爸爸一樣，妳將會和另外一個原本毫不相關的人，共同分享妳的一生耶！不覺得驚人嗎？另一半是如何的人將左右妳的人生際遇，影響妳終身的幸福。此人物之於妳，就是那麼至關重要的存在！

我和爸爸由衷希望妳能幸福過一生，甚至比起我們自己的幸福，妳的幸福更重要。因此對於妳的另外一半，我們肯定會有意見。不過我們深知，自己的意見未必會被妳採納，我在這裡決定將姿態放軟，希望能針對此事給予妳一些有建設性的建議，請妳務必放在心上。

一個家、一段長遠的關係要能成功，有許多基本條件。條件的來源是「人」，那個人要能夠鑲嵌進入這幅美麗的圖畫必須具備起碼的水準，不是隨便哪個長得好看、說話輕聲細語的人都行，這是再誠實不過的真心話。

在我和爸爸眼裡，要能成為良好的另一半，最最基本的先決條件是必須有良好的品德。

我很少提及「品德」這個詞彙，因為我老是覺得這個詞彙包含的範圍太廣，以至於某方面來說非常不具體。怎樣叫做好的品德對不對？然而，若論及妳未來的另一半，「品德」是我堅決要求的基礎條件，標準則是最高標準，最傳統思想、最基本教義，拿到教堂門口都能夠合格過關的那種至高標準。為人必須誠實、守法、勤勞、大方、有禮貌；無論在何等嚴峻的生活壓力之下都能緊緊守住「不做壞事」的原則，不偷、不搶、不騙、不占人小便宜、不犯小法也不犯大法，當個堂堂正正的大人。

在我看來，若想加入我們的家庭，以上都是理所當然之事，根本算不上要求。甚至，如果沒有上述基礎品德，別說另一半，連朋友也不用當了，畢竟沒有人品，哪來友誼。沒品之人，生活中壓根愈少愈好。

另外，所有人品項目中，因為是妳的伴侶候選人，我想特別強調「責任感」的重要性。

「責任感」這項人格特質是所有其他性格特色的放大器，會讓一個人的優點顯得更好，缺點顯得更壞。

比如原本是個大膽的人好了，如果很有責任心，未來做各種重大決定時就會把後果放在心上，承擔風險，不至讓家人受苦；若無責任心，他的大膽將伴隨不顧後果的衝動，長此以往，身為另一半的妳可能得無止境地收拾殘局，非常辛苦也不一定。

又比如是個喜歡玩耍的人好了，一個有責任心的人，再怎麼喜歡玩樂都有起碼的底線。他可能會帶著全家人一起玩耍，玩耍的同時也不忘家庭責任，不會為了玩耍背負債務或犯下重大錯誤。責任心會讓愛玩的人在即將過火的那瞬間及時踩下煞車。相對的，如果是既愛玩又沒責任感，那就完蛋了！為了毫無節制地玩樂，把自己是大人的事實完全拋諸腦後，極大可能耽誤人生真正重要的事，嫁給這樣的人絕對不可能幸福。

「責任感」彷彿是一頓美味台菜中的……熱騰騰白米飯，是美好婚姻生活的基底，完全不可缺乏的元素。

此外，我希望與妳共組生活的人是個樂觀正向的人。

最主要的原因當然是和這樣的人生活在一起才快樂呀。和樂觀的人相處，天天都是大晴天，多好！他們無時無刻都有美好的預感，能從絕處找出生路，在被黑暗籠罩的角落發現光芒，所有貌似不好的事，從他們眼中看出去都還有希望、還能再進步。

人生的路可以很長、很遠、很困難，「樂觀正向」在低谷時刻是了不起的超能力，能帶來向上掙脫的力量。能與如此性格的人互相陪伴，日子才能過得更好。

同樣道理，情緒穩定的人也是比較好的選擇，動不動就愛生氣可不是什麼好事，如果硬要選的話，我想大而化之的性格還好些。

再者，我希望妳選擇能力好、優秀的人。爸爸每次都說，一段良好的婚姻關係，雙方一定要有崇拜彼此的地方。對方一定要有那麼一點讓妳覺得非常了不起、欽佩，甚至仰望；同樣地，最好的情況，對方也同樣崇拜著妳的某個優點，在該領域感覺妳遙不可及。兩個人相互仰慕自己的另一半是非常理想的平衡。各自優秀，彼此欣賞，將讓你們在庸庸碌碌的平凡日常中不被柴米油鹽淹沒。無論生活如何反覆，妳都會覺得自己的另一半很優秀、很了不起，因為為對方感到驕傲而持續愛著他。

能力好的人當然更有可能好好照顧家庭，提供孩子們未來所需，這一點無庸置疑需要放入考慮。

最後我想提到一個重要的觀點，那就是世界上沒有完美的另一半。

世界上哪來完美的男人對吧？也沒有完美的女人呀。如果妳的目標是一定要找到那個完美的人，或用近乎苛求的標準要求對方，那麼很抱歉，妳是在為自己和伴侶增添不必要的痛苦，會讓關係朝不健康的方向發展，因為「完美」壓根不存在這世上。

因此我會說，如果對方的缺點很小，遠遠小於「重大事項」方面的優異程度，那麼我們就盡可能包容。愛他的大優點，忽略他的小缺點，不要試圖改變對方，也盡量少批評。我個人認為寬宏大度、適度失憶，是成就良好婚姻關係的必要條件之一。

因為我和爸爸非常愛妳的緣故，關於妳將來的另一半，我們能列出來的條件太多了，簡直沒完沒了。如果真的要簡單總結的話，沒有什麼比「真愛」更重要的。希望妳能找到一個深愛妳的人，一個像我們一樣永遠愛妳、疼妳、想著妳的人。

我想，要找到愛妳的人很容易，因為妳是個容易愛上的女生。但要想找到彼此投緣，有彼此相屬感覺的人，遠比想像中困難許多。我們由衷祝福妳，希望妳順利，能從茫茫人海中尋得一位「近乎完美」的另一半。待那人出現時，爸爸媽媽將把他視為我們心肝寶貝的一部分，一併疼愛、一起照顧。

祝福妳擁有像我和爸爸一樣美好的婚姻，祝妳幸福。

愛妳的媽媽

嘮叨
—前言—

親愛的女兒，

每一天，身為母親的我，都會對身為女兒的妳，說上許多話。

雖然人類往往聽不見自己說了些什麼，但我猜其中「叮嚀」想必占了很大一部分吧。叮嚀為主，交代為主，雜亂無章的嘮叨也有很多。我希望在那些不動聽的言語之外，我能養成和妳分享生活點滴的好習慣。畢竟當我聽見泰勒絲的新歌，或是吃到超級美味食物的當下，我想到的人是妳，「要多買幾份回家給女兒吃！」的念頭總是立即浮現在我的腦海。

我想把生命中每個微小而美麗的瞬間與妳分享。妳能讓所有的快樂，更快樂。我愛妳。

既然如此，如果我真心這麼想的話，為什麼，到底為什麼，我會整天嘮叨呢？所有那些沒完沒了的說教，又是怎麼一回事？

關於煩人的說教，我很抱歉，這並非我對自己的期許。

曾幾何時，我也是個凡事都能說走就走的大人。無奈現在沒辦法，今日的我甚至會為了妳上學該穿厚外套或薄外套糾結不已。這份糾結，二十世代的我看了大概很心痛吧，不是說好了要成為像王菲牽手謝霆鋒那樣的大人嗎？何以變成了田美三街牽土狗的王太太？面對此一現實，我比妳更傷心。

備註，如果妳不知道誰是王菲，誰又是謝霆鋒的話，那是妳個人追星水準有待加強。不怪妳，別自責，是媽媽境界太高了，習慣就好。

要解釋我嘮叨的原因，可以從我們家的歷史事件「十月大屠殺」說起。

當初要從波特蘭搬到芝加哥的時候，因為無法移民一缸魚，只好把我們養育多年的閃閃魚一家人送給同事叔叔。爸爸為了給牠們美好的前程，特別跑去寵物店買了豪華的大坪數魚缸，結果換缸時居然面臨閃閃魚一家人強力反抗，跑給爸爸追。爸爸用力過猛，一不小心殺掉了數名閃魚家族成員，意外缸破魚亡。最好的因，不幸結成最壞的果，史稱「十月大屠殺」。生命之脆弱，足見一斑。

可見養小動物，不分種類，都是很困難的。任何輕忽都可能造成嚴重的問題。以我和爸爸兩個人的能力，做得不好，是完全有可能的。

妳也是小動物，同時更是我們最珍貴、最寶貝的女兒，我們只有一個妳，所以絕對不能像養閃魚一家那般魯莽。偏偏妳比魚更加脆弱，門外的世界又是比魚缸可怕很多的地方，我們很想把養妳這件事情做好，所以很焦慮。這份焦慮的心情因此養成了習慣，進而表現在嘮叨上。我們把所有的不安全感轉化為叮嚀，把所有畏懼演變成憤怒，這些細細小小的情緒每天上演，日復一日地讓我們愈來愈不酷，就變成現在擔心受怕的大人了。

所以看到我又在叨唸，妳要為我掬一把同情淚，心想「啊，老傢伙又想不開了」。

接著，別忘了把「老傢伙」三個字放在心底，另外對我說些安撫性質的甜言蜜語，例如「我知道了，媽咪好漂亮」或「我會小心，媽咪好漂亮」，家和萬事興。

此外，偷偷告訴妳，其實大人說教，常常不知道自己在說什麼。一個人的一生，只能走一條路；其他都是聽說的。發生在我們身上的事情，我們把經驗分享給妳；其他所有沒發生在我們身上的故事，我們像妳和弟弟蒐集路邊的紅色葉子一樣，仔細地放在袋子裡珍藏起來，迫不及待拿回家和家人分享。這麼做會幸福，這麼做會倒大楣，我們把所有不起眼的情報蒐集起來，當成一回事，趕快告訴我們的孩子。

即便無知，即便充滿不確定，我們仍然不得不說，不得不在妳的人生裡扮演指導的角色。想到妳願意照我說的去做，願意相信我，想想真是既感謝又抱歉啊。

如果我在自己的人生軌跡裡懂得更多、做得更好的話，當妳遇到了困難，我是不是就能給妳更好的答案呢？是不是更夠資格扮演引路人的角色？想到這裡，我不禁覺得有點不好意思。如此不足的母親，整天說著大道理，似乎有點厚臉皮？

無論如何，我們只有我們了。我們家目前的智囊總積分就是如此：爸爸、弟弟、妳和我。從裡頭挑選的話，無庸置疑應該聽我的。我是我們家的智慧上人、聰明法師，這點我想沒問題吧？我們都只能盡力而為。

懷著忐忑不安的心情，身為母親，該說的我還是得說，該引導妳的地方，我永遠會努力去做。為了好好照顧妳和弟弟，也為了成為無愧於心的母親，我只能硬著頭皮當個裝模作樣、永遠有答案的大人。

未來有一天妳長大了，轉頭發現原來媽媽都在胡說，我歡迎妳打電話來抱怨，歡迎妳指出原來我不怎麼樣的事實。我想聽妳的對策、妳的做法、妳的意見，那麼我就能知道，「啊，我女兒長成了一個聰明的女人呢。」

我會為妳驕傲，驕傲之餘把功勞歸在自己身上，告訴自己：

「身為媽媽，妳做得不錯。」

希望被妳糾正的那一天趕快到來。

愛妳的媽媽

内在力量

妳可以有各種感覺

親愛的女兒，

我小時候外公外婆總是吵架，不是細小爭執，而是狂風暴雨、毫無節制等級的大吵，街頭巷尾人盡皆知。當年的我經常感覺害怕。

某天晚上我和小阿姨吵架了。當時我們是小學生，小學生吵架雖然討人厭但是非常正常，小孩子嘛，沒什麼大不了的。

可外婆的脾氣並非一般人，她兇巴巴地制止我們，要我們馬上停止。

我記得自己非常不服氣，倔強的我對著超可怕的外婆說：「妳和爸爸不也整天吵架嗎？為什麼我們就得馬上閉嘴？」

頂嘴的下場是被罵得很慘，外婆還說如果我不向她道歉的話，休想上床睡覺。

我從小就是個內心堅毅的人。我認為對的事情，無論多困難，千山萬水我都會去做；我認為不合理、無法被說服的事情，即便表面屈服了，內心仍會抗爭到底。

我是一個會為了尊嚴死不道歉的人。這臭脾氣隨著年紀增長更為強韌。

但那個晚上，幼小的我單挑躁鬱症患者，真的很害怕！同時也真的非常不服氣。最後實在忍不了，為了睡覺，我對外婆潦草地說了聲「對不起」，語畢轉頭就走，帶著我的不服氣上床，留下外婆一個人在客廳又一次感嘆她的人生多麼不順心。

親愛的女兒，直到今天，我四十歲了，已經搬到了地球另一邊，仍然覺得那天晚上的我沒有說錯。我的父母確實是瘋狂吵架王，我也確實認為大人糾正小孩的行為之前，必須先矯正自己的錯誤。如果自己沒有辦法做到，就不能夠用同樣標準義正詞嚴地規範年幼的孩子。

現在身為大人，如果有件事我明明白白做錯了，而我的孩子站出來糾正我，我會感覺慚愧，我也願意道歉，並希望總有一天能夠改正自己的行為。這是我對自己的期望。

如果將來我沒能做到自己的期望，身為女兒的妳請務必指正出來，好讓我知道並審視自己的行為。如果我的自我認知與妳相同，那麼我就會改進。

由以上這則童年故事，我真正想表達的重點是「妳可以有各種感覺」。感覺與情緒是真實、誠實的存在，世上不存在錯誤的感覺。

雖然當時的我年紀小，對世界的認識多有不足，可是感覺到自己被以暴力壓制而不得不屈服時，我的倔強和不服氣都是真實存在的感受。我感覺委曲了，而那份委屈的感覺並沒有錯。我不需要抹去那份委屈感，假裝它不存在，就為了得到來自世界的「乖巧」、「孝順」和「聽話」等評語。

我再說一次，「個人感受」沒有錯。

很多時候我都覺得，一個女生生存在現在的世界，踏出的每一步都很困難，許多不經意的瞬間都會有人跳出來把社會框架套在我們身上，用種種有形、無形的規矩過濾我們實際經歷過的感受，把我們的體感翻譯成他們要的模樣。

一旦意識到這一點，我們必須學習自己保護自己。我們得學會直視自我，傾聽自己的感受，然後對自己說，我們感受到的一切都真實存在！我們要學會充當自己感覺的後盾。

某些時候妳發覺自己被占便宜了，或被欺負了、受委屈了、遭誤解了，很可能會聽見旁邊的人說：

「一切都是妳太敏感了。」

「人家可沒有這個意思，妳是不是誤會了？」

「他只是開玩笑的啦，不要放在心上。」

「這樣想就太沒大沒小了。」

「孝順的人不會這樣想。」

諸如此類的說法是企圖抹去妳接收到的訊息，讓妳的感覺消失，裝作妳的委屈從來沒有發生過。如果妳是個「超級乖女孩」，很可能被說服而覺得自己的感覺出了問題，開始自我抹煞。

類似時刻若妳打電話回家給我，我就會對妳說，那些批評妳太過敏感的人都不是好人。而妳，我的寶貝，需要站出來捍衛自己的感覺。當個強壯的女人並沒有錯。

要知道，假如今天是歐巴馬總統感覺被侵犯、權益受損，絕對不會有人跟他說「你想太多了吧，是不是誤會了？」，絕對會第一時間跳出來附和他的感受，並想辦法幫助他、彌補他。這種充盈於世間的差別待遇很難落到弱勢的女生頭上，唯有我們自己自我捍衛、自我保護，以後我們的感情、我們想得到的權益，才有機會為世人所認知。

又或許未來某一天，會有人以妳的感覺為要脅，半推薦、半強迫地要求妳答應他的願望。比如學校裡有個女生非常受歡迎，她要求妳得離開原本形影不離的死黨才能加入她的朋友圈。這樣的話，妳會怎麼做呢？又比如妳未來的男朋友可能會說，如果妳真的愛我就不能去日本留學，得留在美國陪我。像這樣的話，妳又會怎麼做呢？

事實上，人生每個階段都會出現某些人用這種方式說話、做事，因為以感覺和情緒為要脅相當容易，簡單粗暴又沒有成本，需要的條件不過是對方的意志不堅、個性溫柔而已。想想是不是覺得很沒有禮貌？任何一個把妳放在心上的人都不應該這麼對待妳，請務必記住這一點。

面對脅迫的終極對策，我以為絕對不是壓抑自己的感受，讓自己開心起來；反倒應該用最大的能量、最強的關注去體察自己的不舒服，告訴自己「我不舒服了」，問自己「為什麼我不舒服」。

在靈魂深處，身體最知道了。

要相信自己、相信自己的感覺，把這份誠實的感受當作自我保護的警示燈，一發覺不對勁馬上啟動防護機制，讓所有試圖傷害妳的人退得遠遠的。

自我保護是人類天性，體察它、運用它，堅強勇敢地拒絕受傷。

愛妳的媽媽

總會有人不喜歡妳

親愛的女兒，

早上在校車站牌我觀察到，瑪威拉從來不主動和妳打招呼，即便妳熱情地問候她也一臉平淡，僅給妳公式化的回應。她對其他女生卻不是這樣，遇見了其他女生，她馬上變得熱情如火。我不確定妳是否發現了這明顯的差別待遇，或者妳早發現了只是當作沒這回事。如果是這樣的話，或許我也不該把這當作一件事情提出來討論，畢竟當我提出來討論，本來很小的事情也就真的成為一個問題了不是嗎？

不知道為什麼，我想到了妳讀幼稚園時班上有個女生叫全班同學都不准跟妳玩的回憶。我仍記得那個女孩很早熟，是班上有名的「mean girl」，幾乎每個女生都被她排擠過一輪，令老師非常頭痛。

我記得那一天妳哭著回家，我抱著妳，矢志冒著風雨帶妳去復仇。我對妳說，復仇是大事，我們得縝密計畫妥當。

我認為應該將弟弟的臭尿布用大垃圾袋蒐集成一大包，扔在她家門口。

妳建議裡頭裝滿臭雞蛋更好。我們不應該放在她家門口，而要按下電鈴，等她媽媽來開門時用力往裡頭扔。

如果他們問：「為什麼？妳們這是做什麼？」

我們就要大叫：「You know why! 妳自己最清楚！」，接著甩髮，飛車離去。

當年的我會陪妳同仇敵愾，現在的我仍然永遠站在妳這邊。妳要去復仇，我就是妳的車手；被抓去看守所，我不忘幫妳帶件外套。因為我是妳媽，永遠的犯罪同夥。

排擠是霸凌的一種型態，另當別論。如果僅僅是有人不喜歡妳，到底是不是一個問題？

我認為，如果對方守在自己的軌道內過著自己的生活，不入侵妳的生活領域、不傷害妳，這樣的話就不是問題。畢竟，人有討厭別人的權力。

在確認自己的實體權益沒有受損之後，下一步我們便得認清以下現實——「總會有人不喜歡妳」。

沒錯，我說出來了，就是這樣。

無論何時何地，不管妳是誰，只要活在世界上，就會有人不喜歡妳。就算再優秀、再漂亮、條件再好，總會有人討厭妳。妳想想嘛，就連香草冰淇淋都有人不吃了，更何況我們大部分的人都稱不上香草冰淇淋，頂多是邊邊角角的芋頭口味、薄荷口味、咖啡口味，有人不喜歡吃，那也挺合理。只是，身為芋頭冰淇淋的我們需要難過嗎？需要因為身上濃濃的芋頭味道自卑嗎？不，我們當然不需要。

我們真正需要的是擁抱自己獨特的口味，並且找到同樣欣賞的人，天天和這人手牽手，討論芋頭口味多棒、多好吃，其他不懂得欣賞的人多麼笨，以後等他們頓悟的時刻到來也絕對不分給他們吃。畢竟人生講求時機，錯過的不再回來，這點道理他們也該懂。

關於喜歡和被喜歡，我個人覺得，說到底是 the relationship you have with yourself，「自己和自己的關係」。

妳先得愛自己，深深深深地愛自己，接著帶著這份對自己的愛，面對世界。

有人喜歡妳，那很好，對方感受到妳的好；有人不怎麼喜歡妳，而妳感覺到了，沒關係，我們仍能帶著那份有點不舒服的感覺，繼續快樂生活下去。

有點不舒服是必然的，我們要用更多的愛，家人的愛、好友的愛、自己給自己的愛，去包圍那份不舒服，最後把它殲滅掉。這是一種照顧自己的辦法。

在心裡舒坦的情況之下，我們可以選擇

A、爭取他人的愛

B、管他去死

兩者都是選項。

我們真的不需要像蒐集寶可夢卡牌一樣爭取人間大合輯，我們也不需要追求者的人頭數來自我滿足。事實是，一百名粉絲不如兩個真心人。妳真正想要的，是當妳在學校走廊滑倒時有盟友站出來怒視走廊兩邊的人，命令他們不准笑。那種才是妳要的朋友。妳買了新球鞋時圍在身旁的，都只是為了球鞋而來，其中又有多少人喜歡真正的妳呢？

我小時候有一陣子是個小惡魔。我知道班上有些成績不好的同學覺得成績好的我非常自傲，得意又瞧不起人，因而不太喜歡我。發現這件事後我決定做個實驗，我回家拿了一種包裝上有隻乳牛的北海道牛奶糖，隔天帶去學校，發送給討厭我的同學們吃。我想知道拿了我的牛奶糖之後，他們還會討厭我嗎？

不久後，我聽見他們聚在一起時說我其實是個好人，我不驕傲也很好相處。

我完全震驚了。完全不明白牛奶糖和我的驕傲有什麼關係。我笑咪咪地給他們糖果沒錯，但我可能同時也是驕傲的討厭鬼啊，這兩件事根本毫不衝突。

這個實驗帶給童年的我很大的思考。我純粹因為不想被討厭而拿了糖去學校，送糖後日子確實變得容易些，但我是不是真的想要這份喜歡呢？好像其實不太想要。因為他們喜歡的大概不是我本人而是牛奶糖吧，我幹嘛要同學喜歡我的牛奶糖呢？可以被小動作收買的感情，不是我要的感情。這是小學二年級的我，深刻的領悟。

繞了這麼大一圈，我想表達的是感情和喜歡，有點神聖。不是，也不應該，誰都可以擁有、誰都可以給出去。瑪威拉今天或許不是最喜歡妳，她對她給出去的喜歡比較謹慎、比較小氣，那是可以的。倘若有一天妳們因緣際會有了機會深入認識彼此，或許會喜歡上對方也不一定，那麼那份喜歡便非常珍貴，那份友誼將長長久久。如果不能契合，認識之後的禮貌，那是君子之交淡如水，得體而優雅。

親愛的女兒，我期待妳友善地對待每個人，但妳不需要喜歡每個人，更不需要被每個人喜歡。當妳在人生的長路上拿到了牛奶糖，希望妳能大方收下，但不急著回應，明白自己的愛和喜歡很珍貴，只給真正值得的人。

無論如何，千山萬水有我愛妳。我永遠愛妳。

一通電話就會陪妳去丟臭蛋包的媽媽

挺身而出

親愛的女兒，

我迫不及待坐到桌前寫下這封信，我必須好好和妳分享激動的心情，讓妳清楚明白此刻我無比的驕傲。

今天下午我陪弟弟練一首難度頗高的鋼琴曲子，過程繁複，他很辛苦，我也很辛苦。基於弟弟才五歲，遇上挫折難免洩氣，眼淚在他的眼眶裡打轉。見他努力忍耐著，我很心疼。看著他倔強的小嘴唇，我既生氣又不理性地覺得好可愛。媽媽我一向有點神經病，大怒與溺愛老是並存。

此時來了電話，我得離開一下，便交代坐在沙發上滑手機的爸爸幫忙我陪他。沒想到爸爸表現得非常可惡。他彷彿九〇年代台灣那種討人厭的壞婆婆上身，坐在原位，對著遠處鋼琴前的弟弟冷嘲熱諷。

「不想學就不要學啊，哭什麼哭。」

「拒絕練琴的話，你可以下來。」

「練琴亂鬧，根本無理取鬧。」

本來就已經深感挫折的弟弟，聽到豬頭爸爸不友善的言語後再也按耐不住，放聲大哭了起來。等我講完電話回到客廳之際，弟弟已經完全潰堤，無法練琴了。

即便狀況如此，那傢伙還不停止。

「哭給媽媽看的喔。演得還真用力，媽媽靠近就哭得更用力、更大聲。再哭呀，你繼續。反正不想練琴就不要學了！」

我見況馬上生氣了！我聲援弟弟，對可惡的壞傢伙說：

「他沒有不練琴，也沒有不要學。剛剛一提到練琴，弟弟不是馬上就來到鋼琴前面了嗎？他練琴很主動、積極，他喜歡音樂。一個五歲男孩遇到了挫折難道不能傷心嗎？當然可以吧。傷心難過不等於態度不好，流眼淚不等於不想學。」

爸爸居然還不反省，繼續說：

「他從剛才就一直哭鬧了，妳不要縱容孩子演戲。」

雖然我心知肚明每一次只要讓爸爸陪練琴，他在無法拒絕老婆要求的情況之下，便會表現出巷口惡霸的死樣子，毀壞文明，根本從未陪練成功過，壞人絕對是爸爸沒錯，但今天我沒有全程在場，缺乏足夠的證據壓制他，又不好表明「你就是練琴界的技安」這事實。

就在這個關鍵時刻，妳來了！帶著勝利天使的光輝、白宮發言人的語調，我的寶貝女兒翩翩降臨。

全程置身現場的妳緩緩走到鋼琴旁邊的棕色大桌子前，一邊走一邊用白宮發言人的語調說出證詞：

「Not until you yelled at him.」

「在你吼他之前，他都很平靜；你吼他之後，他才哭的。他沒做錯任何事。你明明可以不吼弟弟的。」

妳以不帶情緒的語調繼續：

「我說的全都是事實，如果你因此要吼我的話，那你就吼吧。」

語畢，只見妳拿出了妳的拼字作業放在桌上，轉頭對弟弟說：

「弟弟你要不要先休息一下？可以過來姊姊旁邊畫畫，我拿著色本給你。」

妳在自己的作業簿旁邊放了弟弟的著色本和一盒蠟筆，讓弟弟坐下，接著自顧自地開始寫起了作業。

回應正義女神的，是我們家客廳的無聲迴響。安靜，是爸爸被妳手刀了結的聲音。不是所有英雄都身穿斗篷，不是所有女王都只會揮手，也有一種女王愛講話、擅長組樂高、會自動自發寫拼字作業。在我心中，妳今天的表現是個十足的女王！正義、堅強、散發無比光芒，我是如此為妳感到驕傲。

我真的壓根沒想過妳能夠這樣回應爸爸的無理。妳的個性一向溫文和善，從小到大處處謙讓霸道的弟弟，我一直擔心妳長大後會因為自身的善良而受到很大的委屈，但經過今天、經過妳向我展現女王的一面之後，我再也不擔心了！覺得以前的憂慮都是笨蛋的想法，我親愛的女兒擁有超乎我想像的能力，我信心不足完全是我自己的問題，真是不好意思啊。

藉由這個機會，我想進一步和妳分享我對整件事情的看法，想更仔細地讓妳知道我為何興奮，以及妳的行為具體可貴在何處。

首先，誠如我前面說的，「勇敢表達自己的意見」。

「意見」本身就具有力量，把意見帶到這個世界上的女生更是強壯得不得了。隨著長大妳會發現，世界上隨時隨地都有人希望妳不要發表意見，覺得妳乖乖照他們說的做是最好不過。這種狀況尤其容易發生在女生身上，甚至，社會時不時瀰漫著某種氛圍讓妳覺得女生有意見就是「滋事」，全身長刺可不是乖女生，只有溫文順從的女孩才是好女孩等。

把這種狀況放在心中，知道就好，社會就是這等可惡的模樣。然而，這種了然於心的明白很可以當作一種有效識別，以後如果妳在人生的路上遇見一個人，一直不停鼓吹讓妳當個「沒意見的乖女孩」的想法，妳便知道，他不是什麼好人。

另外也順便提醒妳：意見相左，和人與人之間的衝突，不是同一回事。記得上次我和爸爸在客廳激烈討論事情時，妳說我們在吵架嗎？我們當時告訴妳我們沒吵架，我們在溝通。那是事實。我們真的沒吵架，我們在暢快、舒爽地大聲溝通。要知道，人與人之間如果可以毫不修飾、兇巴巴地朝對方講出內心話，那是一種安心、安全的表現。妳甚至可以說其中含有愛的成分。

我不同意你的說法，不代表我不愛你。我可以一邊覺得你的做法很蠢，一邊愛你。這完全符合邏輯。這樣的事情在我們家是可以的。妳覺得呢？妳同意嗎？妳仔細想想看，我這麼說的確是有道理的。

以上是第一點。

讓我驚豔的第二點，是妳說出那段話的態度和語氣。

要知道，一段話怎麼從妳的嘴巴裡吐出來，那態度和語調的重要性，完全不亞於它的內容。今天妳以白宮發言人的態度和語速，莊嚴地闡述事發經過，實際表現堪稱一百分，完全無可挑剔。

倘若妳用尖刻的語氣或激動的情緒，爸爸或許就能用「以下犯上不可以」的主題轉移話題，拒絕妳的指控，妳就沒辦法讓爸爸那壞傢伙就範了。今天妳就是做得太完美、太莊重，讓他無法以任何情緒性的指控來跟妳辯論，在必須就事論事討論事件本身的情況下，行為的是非對錯便得以彰顯。這是不是一百分？反射動作實現出來的行為和策略都非常棒，我真的好驕傲。

這裡我又想到另一個可以提醒妳的要點：社會上，特別是職場，只有男生可以表現出情緒，女生不行。

這不是我說的，肯定也不是我個人相信的真理，而是現今這不公平社會中普遍存在的不公平現象。好比男生如果在研討會上哭了，大家會說他真情流露，絲毫不減損他發言的重量。但是女生不行。女生如果在重要場合落下眼淚，會被冠上情緒化的印象，如果以後想爭取更大的責任相對就比較困難。

基於妳現在還小，仍處於不分男女全民皆亂哭的年紀，大概還不用太擔心。不過我想呢，事先聽聞一下部分世界對女生的偏頗看法也不是什麼壞事吧。

最後，我想稱讚妳為弟弟挺身而出。

在我們家，我總是反覆強調「家庭第一」和「胳臂向內彎」，希望你們姊弟倆把彼此放在心上，永遠永遠互相照應。今天，即便妳有點畏懼爸爸，妳沒有對弟弟的眼淚視而不見，反而選擇站出來幫他說話，那麼勇於幫助年幼的他。謝謝妳照顧弟弟，這些年的嘮叨居然沒有白費，我覺得好欣慰。

今晚我特別在妳上床睡覺後，跑到妳的床邊和妳分享我的心臟被妳爆擊的感受，一切帥得如此措手不及，我纖細的小靈魂幾乎無法承受。正當你以為你無法愛一個人更多了，結果正義女神突然駕著鶴還是什麼龍，從雲間翩然降臨，吸引你全部的目光，讓你驕傲。

真是我的好女兒。做得太好了，我好以妳為榮。

愛妳的媽咪

言語的力量

親愛的女兒，

我小時候熱愛寫作，一有時間就關在自己房內廢寢忘餐地寫。把嘔心瀝血的作品分享給大人看時，大人說：「妳寫那些風花雪月的文章一點用也沒有。寫東西的人長大沒前途。」

當我進入激烈的升學體系，在競爭過程中遭遇挫折時，大人說：「妳本來就是文科的水準，不夠聰明，跟人家勉強讀什麼數理資優班，當然讀不下去呀，我看妳要不要乾脆換去讀文組好了。」

後來又有一天，我聽見大人在評論教學現場發生的事情：「教完這個單元之後，我問那個學生『一顆西瓜切一半，其中的一半是幾分之幾？』，他居然答不出來，我就罵他

『連二分之一都不會，你是白痴嗎！』。」

一旁聽著這段發言的我十分驚訝，憤怒中帶著無以言喻的羞愧說：「不可以罵小孩是白痴！數學很困難，不會很正常，一點都不白痴。你自己的數學也很差呀，那你是白痴嗎？」

「二分之一都不會，不是白痴是什麼？」大人拒絕撤退。

「是孩子！只是一個年紀很小的孩子。」我說。

同一年某一天，我看著雜誌封面上美麗得像天使一樣的徐若瑄脫口而出：

「她什麼都好看，就是嘴唇長得像臘腸一樣。」

說出這句話之後，我自己嚇一跳。我的靈魂一陣靜默。

我在說什麼？我為什麼這樣說？

我為自己嘴裡吐出如此自然的惡意感到震驚。曾幾何時，我成了在一片光明中尋找灰暗的人，又或者我一直都是這樣的人，只是自己未曾發覺？我嚇壞了，下定決心改變自己。

從那一天起，我開始有意識地注意自己的言語，也注意來自他人的。我會在聽到一句

《風水照妖鏡》絕對不是一本風水書，因爲我並沒有在這裏教人看風水；這亦不是一本命理書，因爲我無意教人算命；這只是一本「求知」的書。這本小書的目的，在於說明風水命理「是什麼」和「不是什麼」。假如讀者想從書中對「風水命理是否可信」這一個問題找出答案，他們肯定會失望，因爲風水命理不是宗教。

目次

前言

一般人對風水命理的態度，大致可以分爲三種。

第一種是「信到十足」。

第二種是「寧可信其有，不可信其無」。

第三種是徹頭徹尾的不信。

第三種人喜歡替第一種人戴帽子，戴一頂叫做「迷信」的帽子；而第一種人掉過來又喜歡批評第三種人不信邪。

其實，所有上述三種態度，沒有一種是「科學」的。眞正的科學態度是客觀的求眞，是什麼就説什麼。「信到十足」是未經求眞的過程而作主觀上的絕對肯定，「徹頭徹尾不信」是絕對否定，「寧可信其有，不可信其無」是既不否定、也不肯定，但同時也沒有興趣去求眞。

中國文化背景缺乏了「爲知識而知識」的傳統，孔子作《春秋》，爲的是使「亂臣賊子懼」而不是爲着敘述過去的人和事，重點是藉寫歷史來宣傳他的「正」和「逆」的價值觀念。

中國文化就是在這種「泛道德主義」底下成長的。這種背景，不容易產生科學的心態。科學講的是「是」與「不是」，宗教才有「信」和「不信」。

由古到今，人類不斷要求對宇宙、社會和人生有所了解，由於有這種求知的動機，遠古有神話的出現。神話對自然現象的形成、天上星宿的運行、四時的變換、災難的發生，常提出擬人式的解釋。隨着人類對經驗世界的認知程度增加，神話成分就慢慢相對減少，現代西方科學的成就，就是按着這個神話——求知——實證的反覆過程而慢慢日趨成熟的。